劉以鬯 著

馬來姑娘

中華書局

目錄

馬來姑娘

劉以鬯

日軍南侵前，居民不多，河中常有鱷魚出現，因為沒有橋，而且又不敢冒險划船，所以兩岸居民幾乎完全沒有來往。後來，日本兵打來了，為着軍事上的需要，就在河上架了這座木橋。木橋搭成，兩個小甘榜逐漸合併為一個大甘榜。居民越聚越多，中國人喜歡同中國人住在一起，馬來人喜同馬來人住在一起，自然而然地形成了兩個區域，大家相安無事，過得很好。

戰爭結束後，日本兵退走，甘榜的居民反而有增無減。人口一多，河裡的鱷魚就不大出現了。

鱷魚似乎也有靈性，在甘榜日趨熱鬧的時候，都到河北叢林區去生蛋了。一條鱷魚每年要生兩三次蛋，每次三十隻左右，生下後，用沙泥埋起來，任由熱帶的太陽去孵化，三個月後，小鱷魚就紛紛出世。

為了這個理由，稍北的叢林地帶就變成重要的產鱷區。甘榜裡的年輕男人，如果大胆的，常常成羣結隊的到那個區域去捉鱷。他們把捉鱷當作一種副業。

拉絲蜜的父親生前就是一個把捉鱷當作副業的農人，常在芭場工作完畢後，帶着鐵絲網和鐵叉到叢林地區去，有時候，同別人合夥；有時候，自己單獨行動。就在一次單獨行動中，遭遇了最大的不幸。經過情形是這樣的：他利用馬來捉鱷魚的老法子，先在河邊掘了一個洞穴，躲在洞穴內，拚命敲響銀屬器，待至河裡的鱷魚驚惶地伸出頭來，看看天，慢慢游向河岸，走上來，走近洞穴時，他舉起鐵叉，猛一咬牙，從下面朝上猛刺。然後縱身洞外，用鐵圈套住鱷魚的嘴吧。就在這時候，另一條鱷魚悄悄走來，將他掃到兩丈遠的地方，頭顱撞在樹桿上，破了，流出不少血，勉強回到甘榜，沒有到家，就死在地上。

每一次想起父親之死，拉絲蜜就會傷心落淚。每一次站在木橋上看河時，拉絲蜜就會想起父親之死。所以，她又流淚了。

望着這河流的轉彎處，她看到那一堆黑壓壓的叢林。就在那個地方，父親為了她們的生存而死亡。

這慘痛的記憶，像一件濕濕的衣衫，貼住她的心，使她感到一陣寒冷。

月光十分皎潔，照着這靜靜的甘榜，自有一種難以比擬的孤清。夜色漸濃，河東忽然傳來一陣沉重的腳步聲，定睛一瞧，有個身材魁梧的中國青年拖着一條鱷魚走上橋來。

（四）

胡山美插圖

馬來姑娘

拉絲蜜的情感，一直是隱藏着的。經過這一吻後，她再也不克自持了。她將鄭九抱得很緊，彷彿怕別人搶去似的。

鄭九求她不要答應三巫的婚事。

她似有無限隱痛。

「把你的心事告訴我。」鄭九作了這樣的要求。

拉絲蜜踟躕半日，終于横横心，說出了一個秘密：「有一件事，我從來沒有跟別人說過，本來不想告訴你；但是——現在已經到了非告訴你不可的時候了。」

「請你告訴我吧，我絕對不跟別人說。」

拉絲蜜沉吟一下，然後字斟句酌地對鄭九說：「我的母親曾經是尤疏夫的未婚妻！」

鄭九聞言，不覺發了一怔：「這是怎麼一回事？」

「那時候，」拉絲蜜說，「我還沒有出世。我的母親是甘榜裡最美麗的女人，追求的人很多；其中以尤疏夫追求最力。尤疏夫爲人儉樸忠厚，女人們都會喜歡他。當他請長者來求婚後，我的母親並不拒絕。訂婚後，尤疏夫每個月來看母親一次，並且還負担着她的生活費用和醫藥費。……不久，尤疏夫有事離此前往新加坡，在新加坡前後住了三個月，結果事情就發生了變化。」

「什麼變化？」

「當尤疏夫在新加坡的時候，我的母親在芭場上認識一個年輕的農人，兩人早夕相處，日子一久，終于發生情愫。……待至尤疏夫歸來後，發現母親已經移情他人，非常懊惱。」

「那農人是誰？」

「就是我和伊士邁的父親。」

「你母親終于與尤疏夫解除了婚約？」

「是的。」

「尤疏夫肯答應嗎？」

「尤疏夫是個好人，他不但不使母親爲難；還常常在暗中接濟我們。因爲，我的父親一直很窮。」

「後來怎樣？」

「後來，爲了增加收入，父親常於工作之暇，到蘆鱷區去捉鱷。起先，一切都很順利，家庭的經濟情形也因此而略告好轉，不料，好景不常，在一次單獨行動中，遭遇了最大的不幸。」

「死了？」

拉絲蜜悲痛地點點頭。

鄭九問：「那時候，尤疏夫有沒有結婚？」（二九）

・閩山美插圖・

馬來姑娘

劉以鬯

有人問：「鄭九爲什麼要殺死妮莎？」

三遜答：「這個暫時還沒法肯定，不過，証據確實，鄭九殺死了妮莎！」

大家紛紛點頭稱是。

尤疏夫主張報告「馬打厝」（註三十二）；但是馬打厝離開這裡有十幾條石（註三十三），一時來不及趕到。於是奧馬自告奮勇願意冒雨去報警；然而三遜認爲：

「等馬打（註三十四）趕到，鄭九早已聞風逃走了！」

衆人齊聲喊起來：

「走！我們去捉鄭九！」

「讓我們替死去的妮莎報仇！」

「打死鄭九這個魔鬼！」

……羣情洶湧，你一句，我一語，嘩啦嘩啦的，嚷個不休。三遜叫大家立刻回家去拿燈拿刀棍；但是尤疏夫非常冷靜，守住門口，伸開雙手，攔阻大家走出去。

尤疏夫說：「不可以這樣做！」

三遜直着嗓子問父親：「爲什麼？」

父親說：「用私刑是犯法的！」

三遜說：「我們無意用私刑；但是此刻不去，恐怕永遠抓不到鄭九了！」

於是衆人紛紛高嚷：「對！讓我們現在去抓鄭九！」

尤疏夫仍想用個人的理智去克服羣衆的情感，只因力量薄弱，怎樣阻止，也壓不下羣衆的怒潮。

不知道是哪一個年輕人，竟一把將尤疏夫拖開了。大家冒雨回家，約定在芭場集合。

整個馬來甘榜頓時騷動起來了，拉絲蜜還沒有睡，聽到了嘈雜的人聲，連忙走出來詢問，才知道鄭九已將妮莎殺死，鄉鄰們準備合力去尋仇。

拉絲蜜聞言，立即撐了雨傘，飛也似的向芭路奔去。年老的母親着了慌，聲嘶力竭地喚叫拉絲蜜。

但是拉絲蜜彷彿理智喪失，拚命奔跑，像一匹脫韁的馬。

奔過木橋時，雨傘被狂風吹壞。索性丟去雨傘，一鼓一顚的奔到鄭九家。

鄭九不在。

問猛鬼，說鄭九傍晚時分到瘧鱷區去的，到現在還沒有回來。

（四十二）

（註三十二）「馬打厝」即警察局。

（註三十三）馬來亞華僑稱一哩爲「一條石」。

（註三十四）「馬打」即差人。

・關山美插圖・

—代前言：我為甚麼寫馬來姑娘—

《馬來姑娘》能夠搬上銀幕，雖屬僥幸，依舊是值得高興的。《國際電影》編者要我趁此說幾句話，我倒有意表白一下這篇東西的寫作動機。

首先，我得承認：這本小書和大部分拙作相似，也是為「賣錢而作」的，執筆時，沒有企圖，只有動機。這動機是：通過一個平凡樸實的小故事，期能促使各民族明瞭團結與和諧相處的必要。

馬來亞是一個美麗的、豐饒的、虎虎有生氣的新國家。自從一九五七年八月卅一日獲得默迪卡以來，這個朝氣勃勃的新國家，不但一直在大踏步地向前邁進中，它的新政府抑且大刀闊斧的做了不少有益於全民的事業。

說到「全民」，我們必須認清：馬來亞是個各民族雜居的社會，有巫人、有華人、有印人、有歐籍人、有混種，唯其這樣，凡是有心的藝術工作者，不論拍電影或是寫小說，都不能不非常現實的來看這個問題。

《馬來姑娘》雖然不能算是一本成功的作品，但是它含義的純正，相信誰也看得出來。

在馬來亞，種族之間的關係實在是極其良好的，但是小小的糾紛有時仍還難免。這些小糾紛如果不消除，日子一久可能會變成發展的障礙。為了這個緣故，許多有識之士曾經一再地提醒大家，要各民族團結一致，在和平與有秩序的方式下，合力撰寫馬來亞歷史上的輝煌時代。

因此，在一個虛構的故事中，我採用象徵的手法，明顯地指出：各民族必須相親相愛，和諧共處，甚至連一點點小誤會都不能存在。拉絲蜜的愛鄭九，其情形，一若巫人之與華人。換一句話來說：只有大團結，大家才可以享受繁榮。

我的小說以一個甘榜為背景，這甘榜被一條小河劃分為二，馬來人住在河東，中國人住在河西；小河是自然的障礙，架上木橋後，兩岸的居民始能打成一片。木橋代表團結，而各民族的團結一致，將使新生的馬來亞迅速壯大。

凡是到過馬來亞的人，都喜歡這個新國家。

我到過馬來亞，我也喜歡它。

正因為這一份喜歡是由衷的，在落筆時，一種過分謹慎的態度，使我常常躊躇不決。

我怕草率的筆觸可能引起莫須有的誤解。

但是「過分的謹慎」卻像絆腳石一般，使我在寫作過程中，經常為一些不必要的顧慮而跌倒。我不敢着墨太濃，唯恐誇張的情節會喪失作品本身的真實感。

《馬來姑娘》之所以不能有曲折離奇的情節，就是這個道理。

我只是平鋪直敘地寫出了一個馬來少女怎樣忠實於自己感情的故事，缺少結構的支線，卻加了一個次要的主題。

就全書的比例來說，寫「人與鱷魚」的搏鬥並不比「人與人」的衝突更少。一方面，我想藉此讓「人的智慧」與「獸的勇氣」作一顯明的對比；另一方面，我故意把「人與人」的衝突當作事實來接受。

人是具有希望能力的，失去智慧與希望，人不會比鱷魚更強。我寫鄭九與鱷魚的搏鬥，旨在說明：人與自然力量的搏鬥是永無休止的；然而人與人之間的衝突卻是可以而且應該避免的。停止衝突，各民族始可安居樂業，而安居樂業的和平方式，可以使任何美好的希望變成事實。

在這樣的動機下寫成的小說，相信不會沒有一些積極的意義。

馬來亞前首相東姑．阿都拉曼曾於本年二月十二日向全馬民眾廣播時，特別強調馬來亞各民族一體和諧共處的信念。他認為：「彼此都須要尊重對方的權利和情緒，彼此都須要對不同的宗教信仰和風俗、習慣，互相容忍，從不同之並存，而求真正的統一。」

懷着同樣堅定的信念，我寫下了《馬來姑娘》。

劉以鬯

一

夕陽像個大火球，紅通通的，開始落到山背去了。雲霞在天空中燃燒，東一塊，西一塊，有的紅似火焰，有的黃若金子，既鮮麗，又多幻變。

猴子在樹梢採椰，一聲啼叫，包皮青和毛杞叢裏立刻驚起一群山雀……

赤道風從河上拂過來，頗爽。水龍頭邊有馬來少女浣衣歸來，風拍紗籠，撲撲有聲。

暮色蒼茫，星現時，亞答屋[1]遂燃起點點燈火……有兩個孩童蹲在椰樹下。

一個中國孩子，名叫亞峇。

一個馬來孩子，名叫伊士邁。

1 「亞答屋」是用亞答樹葉蓋成屋頂的房子。

兩人正爭看玻璃瓶內的打架魚[2]，看倦了，各自用手背掩嘴打呵欠。

亞峇說：「回去吧，今晚我們家裏煮咖哩。」

伊士邁說：「回去吧，今晚我們家裏有榴槤吃。」

站起身來，拍拍身上的灰塵，手拉手，走上木橋。

落日光的最後餘暉顯得非常無力，那釃釃似同醬油一般的河水，也驟然間由黃轉黑。

亞峇望着黑色的河水，說：「好像有一條鱷魚。」

伊士邁望着黑色的河水，說：「鱷魚都在河北大芭[3]區，這裏不多見。」

「你看見過大鱷魚嗎？」

「看見過的，二十呎長。你呢？」

「也看見過。」頓了一頓，亞峇問：「你知道嗎？鱷魚的嘴巴下面還有眼睛？」

「眼睛怎麼會生在嘴巴下面的？我不相信。」

「不相信？讓我再告訴你一件事。」

「甚麼？」

「鱷魚沒有舌頭。」

「真的？」

「誰騙你。」

「鱷魚沒有舌頭怎麼會吃人？」

「去問你的父親。」

伊士邁哭了，亞峇則哈哈大笑。伊士邁很氣，因為她的父親是給鱷魚咬死的。伊士邁不願意別人取笑她的父親，因此憤恚地伸出拳頭，拚命捶打亞峇。亞峇用食指刮自己的臉頰，說伊士邁當着別人的面流淚，不怕羞。

木橋對岸有人大聲喚叫伊士邁。

2 「打架魚」是馬來亞的特產，孩子們將牠們放在水瓶中，牠們就會相互搏鬥起來。

3 「大芭」即大森林；但是伊士邁的意思是指叢林裏的沼澤地區。

兩個孩子吃了一驚，同時回過頭去一看，原來是伊士邁的姐姐——拉絲蜜。

拉絲蜜是個美麗的馬來少女，十八歲年紀，一雙像鑽石般的眸子，很黑，很清亮。她有適中的身材，不高也不矮。那一隻含嬌帶俏的小嘴，常常掛着溫清笑意。

甘榜[4]裏的馬來男孩子沒有一個不中意拉絲蜜，但是沒有一個可以使拉絲蜜中意的。

大家說她很驕傲，其實，她太忙。自從父親去世後，家裏沒有男人，日子過得清苦，所有雜事全靠她一個人來做。母親有時也幫她洗衣織補，但是年紀大了，只能賺些碎鐳[5]。

今天是母親生日，因為沒有錢，不想請客。下午，父親生前的好朋友尤疏夫，派三遜·毛哈末送來五十塊錢，當作生日禮物。三遜是尤疏夫的兒子，二十幾歲了，不務正業，常到羔丕店[6]去喝酒。

三遜喜歡拉絲蜜。但是拉絲蜜不喜歡他。

三遜送錢來，母親接受了，還買了幾隻榴槤，有意給孩子們高興。

伊士邁最愛吃榴槤，拉絲蜜也愛吃。當家裏沒有錢的時候，伊士邁常常吵着要母親買榴槤，拉絲蜜一生氣，常常將她拉到河邊，用樹枝打她的手心，不准她給母親添煩惱。

現在，伊士邁見到了姐姐，立刻回過頭來對亞峇說：

「Selamat Tinggal !」[7]

亞峇也用馬來話回了一句：「Selamat Tinggal !」

各自分手。

伊士邁從木橋上走過來，身子一搖一晃的，咧着嘴，笑得十分纏綿。

4 「甘榜」係馬來語譯音，指村莊。

5 馬來亞華僑稱錢曰「鐳」。

6 馬來亞華僑稱咖啡店為「羔丕店」。

7 馬來語，即再會。

月亮已上升，天色很黑。遠處芭場[8]上有人在燒草，燒完了，好把穀種種下去。四周很靜，河邊偶爾有一兩聲蛙鼓傳來，閣閣閣，閣閣閣——

姐妹倆手拉手，慢慢從芭路上踅回家去。

走了一段，芭地裏忽然傳來誦唸《可蘭經》的聲音，幾個人抬着一個滿紮白布的屍體，從回教堂那邊走過來。

伊士邁問：「誰死了？」

拉絲蜜答：「亞旺。」

伊士邁又問：「怎樣死的？」

拉絲蜜嘆口氣：「昨天喝醉了酒，走入叢林，不小心，給鱷魚咬傷了，回到家裏，因為流血過多，等不到天亮，死了。」

伊士邁再問時，拉絲蜜就不開口了。拉絲蜜不想讓十二歲的孩子知道太多殘酷的故事。

回到家裏，母親已將榴槤剖開，伊士邁性急，沒有洗手就去撈白肉，給拉絲蜜又罵了幾句。

伊士邁哭了，說爸爸死去後，姐姐時常欺侮她。

提到拉絲蜜的爸爸，母親的眼圈也紅了起來。母親說：「家裏沒有一個男人，一切都走了樣。」

拉絲蜜不愛聽這些話，皺着眉，走到窗邊去看夜景。夜景極美，像幅畫。

但是母親還是嘮嘮叨叨地講個不休。她抖着聲音告訴拉絲蜜：

「三遜送錢來的時候，對你很關心。他說他願意送你一套七星鈪和六幅紗籠布……」

拉絲蜜越聽越不耐煩，雙手掩耳，扳着臉，悻悻然奪門而出。

這地方習俗淳樸，天黑後，就不大有人出來走動，只有河西的小卜干[9]依舊

8 「芭場」即農場。

9 「卜干」即街場。

燈光通明，喝茶的喝茶，打牌的打牌，唱歌的唱歌，相當熱鬧。拉絲蜜平時不大過河去的，除了買東西，她很少同華人有接觸。

她冉冉走上木橋，百無聊賴地伏在木欄上，俯視渾沌的河水。

木橋很寬，建築得十分堅固，是打仗的時候日本兵用皮鞭揍爛了幾百個估厘[10]的背脊造成的。

橋下是一條終年黃沌沌的泥水河，兩岸雜生着毛杞、白樺、包皮青……歪歪扯扯的，只要有空間，就會有樹杆伸展出來。那些樹根長得又大又密，像幾千條巨型八爪魚一般，彎彎曲曲的從岸上爬入水中。

泥水河從南蜿蜒向北，將甘榜一分為二：中國人多數住在河西；馬來人多數住在河東。

據年老人說：這樣的劃分並不是故意的，只因當年交通不便，河上沒有架橋，馬來人來自東邊，就在河東結集居住；中國人來自西邊，就在河西結集。

日軍南侵前，居民不多，河中常有鱷魚出現，因為沒有橋，而且又不敢冒險划船，所以兩岸居民幾乎完全沒有來往。後來，日本兵打來了，為着軍事上的需要，就在河上架了這座木橋。木橋搭成，兩個小甘榜逐漸合併為一個大甘榜。居民越聚越多，中國人喜歡同中國人住在一起，馬來人喜同馬來人住在一起，自然而然地形成了兩個區域，大家相安無事，過得很好。

戰爭結束後，日本兵退走，甘榜的居民反而有增無減。人口一多，河裏的鱷魚就不大出現了。

鱷魚似乎也有靈性，在甘榜日趨熱鬧的時候，都到河北叢林區去生蛋了。一條鱷魚每年要生兩三次蛋，每次三十隻左右，生下後，用沙泥埋起來，任由熱帶的太陽去孵化，三個月後，小鱷魚就紛紛出世。

為了這個理由，稍北的叢林地帶就變成重要的產鱷區。甘榜裏的年輕男人，如果大膽的，常常成群結隊的到那個區域去捉鱷。他們把捉鱷當作一種副業。

10 「估俚」即苦力。

拉絲蜜的父親生前就是一個把捉鱷當作副業的農人，常在芭場工作完畢後，帶着鐵絲網和獵叉到叢林地區去，有時候，同別人合夥；有時候，自己單獨行動。就在一次單獨行動中，遭遇了最大的不幸。經過情形是這樣的：他利用馬來捉鱷魚的老法子，先在河邊掘了一個洞穴，躲在洞穴內，拚命敲響銀屬器，待至河裏的鱷魚驚惶地伸出頭來，看看天，慢慢游向河岸，走上來，走近洞穴時，他舉起鐵叉，猛一咬牙，從下面朝上猛刺。然後縱身洞外，用鐵圈套住鱷魚的嘴巴。就在這時候，另一條鱷魚悄悄走來，將他掃到兩丈遠的地方，頭顱撞在樹幹上，破了，流出不少血，勉強回到甘榜，沒有到家，就死在地上。

每一次想起父親之死，拉絲蜜就會傷心落淚。每一次站在木橋上看河時，拉絲蜜就會想起父親之死。

所以，她又流淚了。

望着這河流的轉彎處，她看到那一堆黑壓壓的叢林。就在那個地方，父親為了她們的生存而死亡。

這慘痛的記憶，像一件潮濕的衣衫，貼住她的心，使她感到一陣寒冷。

月光十分皎潔，照着這靜靜的甘榜，自有一種難以比擬的孤清。夜色漸濃，河東忽然傳來一陣沉重的腳步聲，定睛一瞧，有個身材魁梧的中國青年拖着一條鱷魚走上橋來。

那鱷魚相當大，約有十呎長，嘴巴雖然被鐵絲網套住，但是早已死去。

中國青年左手掮着獵叉，右手拖着死鱷，一步又一步的打從木橋那端走過來。走到拉絲蜜身邊，停下來，噓口氣，用衣袖抹乾額角上的汗珠，咧着嘴，發笑。

拉絲蜜覺得他很茁壯，也露了溫清笑意。

拉絲蜜問：「這條鱷魚是你一個人捉到的？」

「我常常一個人進入叢林。」

「你不怕？」

「怕甚麼？」

「鱷魚。」

「鱷魚是一種奇怪的東西，如果你怕牠，牠就會張開大嘴來將你吃掉；如果你不怕牠，牠就會怕你了。」

「我完全不同意你的看法。」

青年聳聳肩，沉吟一下，作了這樣的解釋：「過去，這甘榜居民少，大家心裏害怕鱷魚，多數住在浮腳厝[11]裏，所以河裏常有鱷魚爬上岸來，後來，人口一多，大家不再怕牠們了，鱷魚就自然而然的移向叢林。這就是一個很好的證明？」

捉鱷人不但會捉鱷，而且還有一張會說話的嘴。

拉絲蜜給他說得啞口無言，睜大圓圓的瞳子，睖着他，只覺得他很清秀。

兩人相視無語，連笑容都不露。

拉絲蜜的眼波充滿了女性的魅力，捉鱷人臉熱了，咂咂嘴，繼續拖着死鱷往前走。

走呀走的，依稀聽到身後仍有輕趫的跫音。

回頭一看，竟是橋上的那位馬來少女。

他暗自竊笑了，但不讓她看見。他一步一步地拖着死鱷，邊走邊問：

「你叫甚麼名字？」

「拉絲蜜。」

只是這麼簡短的兩句，大家又噤默了。在皎潔的月光下，一前一後，慢慢行走。走了一陣，拉絲蜜提高嗓子問：

「你叫甚麼名字？」

「鄭九。」

同樣是這麼簡短的兩句，卻再也不好意思問下去了。

不久，走入小街場。

11 「浮腳厝」即浮腳樓，是一種高高築於木樁上的房子，下邊空，上落必須用梯。

鄭九的家，座落在吉埃店[12]旁邊的空地上，四周圍着竹籬笆，佔地兩依葛[13]，不算大，可也不算太小。竹籬笆中間有一扇院門，進門處，有株椰子樹，樹上有隻長臂猿。

那長臂猿十分頑皮，當美麗的拉絲蜜跟着鄭九走進院門時，牠就伸出長長的臂膊來，戲弄拉絲蜜的頭髮。

拉絲蜜大吃一驚。

鄭九笑不可仰了。

拉絲蜜趔趄在「走道」上，剛想撥轉身去，鄭九直着嗓子叫她：

「進來吧，我請你吃紅毛丹[14]。」

說着，鄭九將死鱷放在走道旁邊，拉着拉絲蜜的手，直向亞答屋走去。

亞答屋一共有三間，前面是客廳，後面是臥室，臥室後面有通道可達廚房。

此刻廚房裏有燈光射出。

鄭九不經意的喚叫一聲：「矮鬼！」

廚房裏就走出一個「小人」來，手持風雨燈，一搖一擺地疾步奔跑，奔到鄭九面前，拉絲蜜定睛一瞧，不覺又怔了一怔。

原來此「人」並不「小」，年紀最少也有四十了。這是一個身高兩呎的「侏儒」。

「他是誰？」拉絲蜜問。

鄭九答：「他叫矮鬼，我的廚子。」

聽了這句話，矮鬼竟格格的哄笑起來了。

然後，鄭九打開亞答屋的正門，裏面沒有點燈，所以很黑。

矮鬼首先入內，將風雨燈往桌面一放。

就在這時候，拉絲蜜發現客廳裏有一隻「七彩飛狐」正在展翼飛翔。

12 「吉埃店」即雜貨店。
13 馬來亞華僑稱畝為「依葛」，係英文譯音。
14 「紅毛丹」是一種熱帶生果。

大家坐停後，鄭九吩咐矮鬼煮羔丕。那七彩飛狐在鄭九頭頂兜了一個圈，驀然收住雙翼，爬在他的肩胛上，翹起那條七彩的長尾似同圍巾一般圍住鄭九的頸脖。

拉絲蜜從未看見過「飛狐」，連做夢也不會夢到這樣奇異的動物。

鄭九告訴她：「這飛狐像小孩子似的，總喜歡纏着我。」

拉絲蜜想笑，可是怎樣也笑不出。她用受驚的眼對四周一瞅，發現牆上掛着不少鱷魚皮。這些鱷魚皮多用竹條撐得緊緊的。

「你專門捉鱷？」拉絲蜜問。

「我喜歡冒險。」鄭九說。

「一個人住在這裏？」

「還有矮鬼。」

「沒親沒眷？」

「父母早已亡故，隔壁吉埃店是我叔父開的。叔父前年去世，將勤儉粒積而成的鋪頭，交給嬸母。嬸母是個刻薄而又小氣的女人，我不喜歡，但是因為這裏是狩獵者的樂園，所以就不想搬動了。當我需要用錢的時候，我會揹了獵叉走入叢林；當我不需要用錢的時候，就同這些鳥獸們開開玩笑。不過，最無聊的時候，也會拿一隻口琴，坐在椰樹下，一遍又一遍地吹着〈梭羅河之戀〉。」

說到這裏，矮鬼端了兩杯羔丕來，鄭九要他出去採一些紅毛丹，拉絲蜜搖搖手，表示不想吃。

鄭九這才仔細對拉絲蜜打量一番，覺得她很美，特別欣賞那一雙含着少女溫情的眸子。

兩人無語相視着。

矮鬼少見多怪，看到了這種情形，竟掩嘴吃吃作笑。鄭九叫他回房去安歇，他一邊笑，一邊走去推開房門。

門啟開，裏面驀然竄出一隻金錢豹來。

拉絲蜜嚇得心驚肉跳，開始坐立不安了。

鄭九知道拉絲蜜又受驚嚇，立刻大聲叱喝：「進去！」

那金錢豹張大了口，嗥叫一聲，望望鄭九，居然垂下頭，畏怯地回入臥房。

鄭九走去門上房門，回過頭來時，拉絲蜜已經不見了，馬上趕出客廳，拉絲蜜剛剛奔出院門。

「拉絲蜜！」鄭九大聲喚她。

但是她連頭也不回，只管朝前疾奔。

月光如同銀的流蘇一般，照着這靜靜的盤谷，芭地裏雖無燈火，但是一切都很清晰。拉絲蜜經過這三次不大不小的驚嚇後，差點無法控制自己了，奔到木橋時，透口氣，定了定神，偏過臉去，看看那座落在山腳的甘榜，眼睛還是駭得大大的。

她想：「鄭九一定是個怪人，家裏養了那麼多的怪物。」

她又想：「鄭九究竟是個男人。」

回到家裏，沒有解衣，就往地蓆上一躺。在熟睡之前，她想着鄭九；在熟睡之後，她夢見了金錢豹。

二

第二天，鄭九一早就起身，吃了兩塊囉知[1]，手執長剪，走到前院去剝鱷魚皮。

那條昨天捉來的鱷魚，從外表看來，好像已經死去；但是當鄭九取去鐵絲網時，翻轉牠的身體，用剪刀朝牠肚皮一刺，牠的四腳竟又蠕動起來了。

如果是一個從未看過剝鱷魚皮的人，看到了這種情形，一定會作嘔的。但是鄭九不同，別說是一條僅存奄奄一息的鱷魚，即使是受傷不重而尚有掙扎力的，照樣也要剝。

1 「囉知」係馬來話譯音，即麵包。

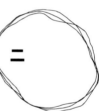

比較起來，這一條算是容易對付的了。他先用剪刀一直從肚皮剪到顎部，又轉過身來，從肚皮剪到尾，然後雙手握住剖開的鱺皮，猛一咬牙，用力兩邊一扯，彷彿剝田雞似的，將鱺皮剝了下來。

有時候，那些被剝去皮的鱺魚還會蠕動，然而這一條卻完全無力掙扎了。為了這個緣故，所以工作很順利。

他斬去了鱺魚頭，開始用刷子洗鱺皮。

對河忽然傳來一陣「淡蓬，淡蓬」的羯鼓[2]和鐘聲，鄭九頗覺好奇，抬起頭來，問矮鬼：

「今天又是馬來人的大日子？」

矮鬼正在廚房門口洗青菜：「是的。」

「回教主慶典？」

矮鬼搖搖頭，答：「今天是蘇丹[3]的生日。」

「那一定很熱鬧的。」

「聽說晚上有很多節目，有『孟沙灣』，有『皮影戲』，此外，還搭了一座臨時的舞台，準備跳『浪吟』[4]。」

「我們不妨過河去湊湊熱鬧？」

「白天沒有甚麼好玩的，晚上去。」

鄭九應了一聲「好的」，繼續傴僂着背，刷鱷皮。

到了晚上，沖過涼，換上新襯衣，兩人悠閒地踱過木橋，走入馬來甘榜。甘榜裏到處是人，年輕的姑娘們多半穿紅戴綠的，打扮得如同天仙一般，在芭場上走來走去。

芭場最熱鬧，皮影戲和浪吟台旁邊，擺滿了小販攤：沙爹，辣沙，羅惹，糖水，炒粿條，木瓜與黃梨……凡是美味可口的，應有盡有。

2 「羯鼓」即羊皮鼓，一種馬來古樂器。

3 馬來亞為一聯邦國，蘇丹即每一州府的最高統治者。

4 「浪吟」是馬來亞最普遍的民族舞蹈。「浪吟」的原來拉丁拼音為 Joget。

鄭九看了一會皮影戲，雖然覺得很有趣，但不像孩子們那麼着迷。那耍「皮人」的馬來人，躲在幕後提動，技巧成熟。「皮人」在白紗上連唱帶做，宛如真藝員，舉手投足，皆有戲味；所唱小調，亦頗悅耳。久居山芭地方[5]者，偶爾也有電影看，總不若這古老的皮影戲生動。

離開皮影戲棚，信步走到浪吟台邊。

這浪吟台是臨時搭出來的，並不怎麼富麗堂皇，四周掛滿了彩紙彩花，雜以紅綠小電燈，倒也相當醒目。幾十對馬來男女正在手舞足蹈的跳浪吟，承襲了民族傳統的優良方式，與都市浪吟不同，依舊應用馬來古樂，歌唱的班盾[6]也多數是流行於甘榜的山歌小調。

鄭九對台上瞅了一下，發現有個馬來少女在麥克風前引吭高歌。

定睛一瞧，竟是拉絲蜜。

拉絲蜜穿着一襲美麗的爪哇紗籠，裹得很緊，體態極其婀娜。

她梳了個髮髻，穿上一雙爪哇珠拖鞋。鬢邊插一朵淺紫鮮花，腿上繫一對發光的金環。

歌聲曼靡，歌詞則略帶挑逗性。

「……阿姑[7]心內太悽涼，芳華虛度真沙央[8]。

眼看別人成雙又作對，不知哪日可做美新娘？……」

一曲歌罷，掌聲雷動。拉絲蜜嬝嬝婷婷地走下台來，鄭九立即上前攔阻。兩人你看我，我看你，誰也不說一句話。樂隊又「蓬淡蓬，淡蓬」的演奏音樂了。

鄭九一步又一步地進迫拉絲蜜。

拉絲蜜一步又一步地退上台去。

兩人上台後，在羯鼓和鐘聲的緊催下，自然而然的對舞起來。

5 「山芭地方」即鄉下。
6 「班盾」係馬來語譯音，屬山歌小調之一種。
7 「阿姑」是馬來話，意思即「我」。
8 「沙央」是馬來話，意思即「可惜」。

音樂由慢漸快。

鄭九舞術相當高明，但拉絲蜜比他更精嫻。

拉絲蜜一邊跳，一邊含情脈脈地望着鄭九，任由鄭九怎樣挑逗她，追迫她，都不會讓他觸及自己的身體。

鄭九開始哼起班盾歌曲來了，拉絲蜜情不自禁地跟着對唱，一唱一和，非常羅曼蒂克。

音樂的旋律，越奏越快。拉絲蜜雙手插腰，側着身子，忽前忽後，忽左忽右，當鄭九故意迫近她時，她就靈活地閃避開去，轉個向，又同鄭九保持一兩呎之內的距離。

然後，音樂進入最高潮。兩人踩着迅速的旋律，像輪轉，像旋風，你進我退，我迫你讓，越跳越快，越快越狂，終於忍不住縱聲哄笑起來。

正當這個最快樂的時候，樂聲戛然中止。

拉絲蜜停住舞步，嬌喘吁吁。鄭九一把拖住她，走下台，匆匆向椰林奔去。

奔入椰林，四周無人，鄭九緊摟她的纖腰，想吻她，卻又畏怯地鬆了手，倒退兩步。

接着是一陣難堪的噤默。

拉絲蜜見他不開口，又不好意思愣磕磕的站在這裏，撥轉身，剛挪開腳步，鄭九就叫了她一聲：

「拉絲蜜！」

拉絲蜜沒有回頭，只是呆呆的站立着，輕聲問：「有甚麼事嗎？」

「我……」

「你怎樣？」

鄭九嚅嚅滯滯地說不出心裏想說的話，隔了很久很久，才鼓足勇氣，說了這麼一句：「我喜歡你！」

拉絲蜜羞得臉孔緋紅，連忙用手掩住雙頰，幽幽的：「請你不要跟我開玩笑。」

鄭九走到她身後，企圖撥轉拉絲蜜的身子，拉絲蜜怎樣也不肯。鄭九無奈，只好在她耳畔，輕聲悄語的：「我說的是真話。」

然後拉絲蜜稚氣地問他：「你喜歡我甚麼？」

「你有一對水汪汪的眼睛，我喜歡。你有一隻含嬌帶俏的小嘴，我喜歡。你有婀娜多姿的體態，我喜歡。你有明朗的性格，我喜歡。你有……」

「不要再說下去，羞死人了。」

拉絲蜜想走，鄭九不讓她邁開步子，捉住她的兩肩，正欲俯首吻頸時，忽然椰林裏傳來了一陣零亂的腳步聲。

鄭九聞聲鬆手，拉絲蜜抬頭一看，面前走來三個馬來青年，其中之一是三遜．毛哈末。

三遜說：「原來你在這裏，找得我們好苦。」

「為甚麼要找我？」拉絲蜜的語氣很難聽。

「你母親叫你回去。」

「甚麼事？」

「不知道。」

拉絲蜜踟躕一陣，跺跺腳，怏怏不樂的奔出椰林去了。鄭九莫名究竟，望望三遜，三遜嘴唇彎成弧形，圓睜雙目，不懷好意地只管對鄭九上下打量。

鄭九討厭三遜，白了他一眼，掉轉身，兀自向林外走去。走了幾步，三遜和其他兩個馬來青年忽然攔住他的去路。鄭九向左邊讓開時，他們在左邊攔阻；鄭九向右邊讓開時，他們在右邊攔阻。鄭九一氣，索性站停了，雙手插腰，直着嗓子問：

「做甚麼？」

「答應我一件事，放你走。」三遜涎着臉，說。

鄭九極力壓制自己的感情：「答應你甚麼？」

「從此不再與拉絲蜜見面！」

「如果我不答應呢？」

三遜臉一沉，驀地拔出一把巴冷刀[9]來，指着鄭九的鼻尖，晃呀晃的，然後疾聲厲氣的威脅他：「你儘管去打聽打聽，誰不知道我三遜，你要是識相的，此後不要過河來，就沒有你的事。不然，抓破了臉，不會有你的好處！」

鄭九聽了，怒往上沖，想頂他幾句，只因不願在此時惹事，只好忍聲吞氣的給他一個不理不睬，抬起頭來，朝前走去。三遜見他態度傲慢，擎起巴冷刀，正欲向鄭九擲去時，卻讓身旁的兩個朋友勸阻了。

三遜心猶不甘，愣巴巴的瞧着鄭九走遠去，忿然啐口唾沫在地上，將巴冷刀往腰際一插：「總有一天，叫這小子吃些苦頭！」

此時，芭場上依舊擠滿了人群，皮影戲的觀眾越聚越多，浪吟台上的音樂越奏越興奮。鄭九在人堆裏擠來擠去，想找拉絲蜜，找不到，結果卻在蝦麵檔上遇到了矮鬼。

矮鬼問他：「剛才同你一起跳舞的那個馬來姑娘，好像曾經到我們家裏來過？」

「不錯，正是她。」

「她長得很美。」

鄭九無心與他長談，只說：「快將蝦麵吃完，時候已不早，我們該回去了。」

9 「巴冷刀」是一種馬來人常用的尖刀。

三

回到家裏，七彩飛狐依舊飛上他的肩頭，他心裏納悶，揮手拍開飛狐，飛狐立刻振翼他去。矮鬼見他神色不對，勸他早睡。他緊咬牙齦，堅持要喝酒。矮鬼不敢違命，將酒瓶和酒杯往桌上一放，怯怯地坐在一旁，看他喝酒。

鄭九喝下五六杯後，已有幾分醉意，進入臥房就寢，一闔眼，就在迷蒙意識中見到拉絲蜜。稍過些時，他睡熟了。睡後得一夢，夢見三遜與拉絲蜜結婚，妒甚，竟在深更半夜大聲吶喊，倒把金錢豹嚇了一跳。

金錢豹吼了一聲，鄭九從睡夢中驚醒。醒來後，再也睡不着了，望望窗，殘月低垂，晨風習習，吹得椰樹葉息息索索地發響。

不久，東天微微發白。鄭九覺得口渴，一骨碌翻身下床，走入客廳，捧起一碗冷水，咕嘟嘟的牛飲着。飲完水，兀自走到屋外去沖涼。沖過涼，太陽已出山，朝霞一絲一縷地橫在蔚藍的晴空裏，有深有淺，有濃有淡，看起來，頗似畫家的潑墨。這是捉鱷的好時光。

矮鬼已起身，弄了些點心給鄭九吃。

吃過早點，鄭九掮起獵叉，拖了鐵網，慢慢向叢林地區走去。走過木橋，看見一個印度人趕着牛車過來，牛車背後有一個馬來姑娘，走近細看，正是拉絲蜜。

「Selamat Pagi !」[1] 鄭九說。

「Selamat Pagi !」拉絲蜜說。

鄭九見她行色匆匆，忙問：「到甚麼地方去？」

拉絲蜜笑了，露出一排發亮的牙齒：「去找你。」

「找我？」鄭九頗表錯愕：「有甚麼事嗎？」

「想跟你談談。」

1 馬來語，即早安。

「這樣早？」

「因為我昨夜沒有睡好。」

「為甚麼？」

她頓了一頓，習慣地低垂眼波，然後期期艾艾地說：「昨天晚上，三遜說母親找我，我回到家裏，才知道上了他的當。我怕他對你有所不利，想出來找你；但是母親認為辛苦了一天，也該早點休息。我不願違背母親的意志，也就解衣就寢。可是我心裏始終亂亂的，在地蓆上輾轉不能入睡，所以天一亮，就急於要來看你了。我要知道三遜有沒有做過壞事。」

鄭九沒有把昨晚的事情詳告拉絲蜜，只問：「三遜是不是很喜歡你？」

拉絲蜜點點頭說：「但是我不喜歡他。」

「為甚麼？」

「我也不知道為甚麼，只是我覺得他很討厭。」

鄭九帶着「原來如此」的意味「哦」了一聲後，說：「我還以為你們有甚麼特殊關係。」

「三遜的父親名叫尤疏夫，是位哈夷[2]，到麥加朝過聖，在甘榜裏很有地位。自從我的父親不幸身亡後，家裏有困難時，尤疏夫常常幫助我們。為了這個緣故，三遜雖討厭，母親卻不願我開罪他。」

聽過這番話，鄭九面露微笑，掮了獵叉，拖着鐵絲網，慢慢走入叢林。叢林很黑，有一股濃郁的潮濕氣息，令人感到窒息。這裏沒有芭路，雜草高可及人，行走其間必須隨時戒備蛇獸突襲。

走了一陣，鄭九聽到身後有人跟蹤他，回頭觀看，拉絲蜜正咧着嘴對他發笑。

「你去哪裏？」鄭九問。

「看你怎樣捉鱷魚。」

2 「哈夷（Haji）」即甘榜中的長老，曾赴麥加朝聖，熟讀可蘭經，為他人所尊重。

「有甚麼好看？」

「我一定要去。」

「那是一個很危險的地方。」

拉絲蜜把嘴噘得高高的，臉上出現了佯嗔薄怒的神氣，隔了大半天，才說：

「我偏要看。」

鄭九抬頭望望天，天氣悶炙炙的，雲層很低：「烏雲起來了，說不定會下雨。」

「我不怕雨。」

「你怕不怕鱷魚？」

「也不怕。」

「鱷魚會吃人。」

「在牠吃人之前，你早就將牠打死了。」

鄭九無可奈何地搖搖頭，撥轉身，兀自朝前急走。拉絲蜜在後緊緊跟隨，跟不上，就快步奔跑。

跑了一大段路程後，拉絲蜜已經嬌喘吁吁了。

拉絲蜜有氣無力地喚他留步，他不但沒予理睬，抑且加快了腳步。

兩人的距離越拉越遠，然而拉絲蜜並不氣餒。

抵達河邊時，拉絲蜜已經上氣不接下氣了，還沒有定神，就讓鄭九抱上樹幹。拉絲蜜不知道鄭九為甚麼這樣做，正踟躕間，鄭九用手一點。

原來大樹旁邊有一條大鱷魚。

這鱷魚的第四齒像上顎的牙那樣突出來，形狀十分兇惡，叫人看了心驚膽戰。

鄭九及時將拉絲蜜抱上樹幹後，自己則擎起獵叉，躡足走過去；但是那鱷魚不知道聽到了腳步聲，抑或曬不到太陽，竟遽爾四腳一撐，慢慢走入河水中去了。

鄭九很失望，回到大樹邊，陪着拉絲蜜。

拉絲蜜說：「有些馬來人相信太陽神騎過鱷魚，仙女也騎過鱷魚，所以鱷魚是天神。」

「你相信這樣的說法嗎？」

拉絲蜜搖搖頭。

隔了半晌，拉絲蜜又說：

「有些馬來人相信腳上刺花，刺一條鱷魚，可以驅除魔鬼。」

「你相信這樣的說法嗎？」

拉絲蜜也搖搖頭。

遠天有悶雷，彤雲密佈，很熱，只是不下雨。鄭九走到河邊去攞鐵絲網，這鐵絲網是日本兵在戰時用以防魚雷的，如今生鏽了，棄之可惜，拿來捕捉鱷魚，也算是廢物利用。

過去，馬來人捉鱷多數採用古老的方法，在一枝標槍上拴了棕繩，拿來向鱷魚標擲，擲中後，用鐵圈套住牠的嘴巴。

但是這不是一個好方法，一不小心，就會失手。

自從日軍投降後，河邊留下不少鐵絲網。中國人首先想出辦法，在岸上縛一隻猴子，引誘鱷魚出水來吃。猴子四圍則佈下密密層層的鐵絲網，網上掛幾隻小鈴，鱷魚落網後，鈴聲大作，然後用獵叉插住鱷魚的長嘴。

這方法使捉鱷人大獲其利，可是鄭九仍嫌麻煩。他不喜歡用猴子，需要時寧可大敲金屬器，使鱷魚聞聲上岸，乘機利用鐵網將牠活捉。

此刻，他已佈好鐵網，掉轉身來，對四周掃了一圈，走到拉絲蜜身邊，拿一面小鑼給她。

「做甚麼？」她問。

鄭九說：「等一下，你坐在這裏敲鑼，越響越好，如果有鱷魚伸出頭來時，不要驚惶，只管繼續敲下去，讓牠走上岸來，直到我將牠叉住為止。」

說着，鄭九小心翼翼地走到河邊，對河水看了半天，忽然舉起手，暗示拉絲蜜敲鑼。

鑼聲鏜鏜，那泥漿似的河水裏果然有個鱷魚頭伸出來了。

拉絲蜜嚇得目瞪口呆了；鄭九則右手擎起獵叉，左手持着鐵網，屏息凝神地等候鱷魚上岸。際此緊要關頭，天上忽然打下一陣響雷，狂風陡起，霎那間大雨傾盆，那鱷魚又沉到河底去了。

鄭九說：「雨大，那邊有一座枯廟，快去！」

拉絲蜜縱身下樹，兩人手拉手，在泥濘的芭地上，如飛奔跑。跑到枯廟，發現裏邊一個人都沒有。原來此廟年久失修，早已斷絕香火，所以連看廟的人也不知走到甚麼地方去了。

枯廟的屋頂有好幾個洞，雨從洞中滴落來，地很濕。拉絲蜜揀了一個不漏雨的角隅，眼睛睜得很大，怔怔的望着鄭九。她把鄭九看成英雄。

鄭九脫下濕衣，雙手用力絞去雨水，然後拿濕衣抹身。他的身體茁壯，胸前有撮毛，女人看了都會喜歡。

拉絲蜜也想脫下身上的濕衣，苦無藏身之處。鄭九見她濕得同落湯雞一般，堅持要她脫去衣服。

「再不脫，」鄭九說，「就要着涼了。」

拉絲蜜對四周瞅了一圈，臉孔脹得緋紅。鄭九明白她的意思，從神壇下面找到一條破蓆，在角隅處綁根鐵絲網，將破蓆放在鐵絲網上。

拉絲蜜躲在破蓆後面脫衣。

然後將脫下的衣服掛在破蓆上，希望給風吹乾。

兩人隔着一條蓆。男的坐在蓆外，女的坐在蓆內。在等候濕衫吹乾的時候，大家都覺得無事可做，於是開始用談話來打發時間。

拉絲蜜說：「我們馬來人有用符咒捉鱷的，你知道嗎？」

「聽說過。」

「我們馬來人認為凡是吃過人的鱷魚，終有一天會被人捉到的。」

「這種想法並不合理。」

接着是一陣難堪的噤默，大家似乎都想不出適當的話語來。隔了半晌，拉絲蜜問：

「你常常一個人出來捉鱷？」

「我沒有朋友。」

「女朋友呢？」

「也沒有。」

拉絲蜜忽然笑不可仰了，邊笑，邊說：「你是一個勇敢的捉鱷人，但是在女人面前，你像一隻老鼠！」

話語略帶挑逗性，鄭九偏過臉去看她。她依舊蹲在破蓆背後，只有一雙眼睛露在外面，那雙眼睛像兩枚鑽石一般熠燿閃爍。

鄭九抵受不了這誘人的魅力，想站起來，又不敢，因為他知道拉絲蜜並沒有穿衣服。

為了掩飾自己心情上的狼狽，鄭九故意訕訕地轉換話題：

「雨很大。」

「是的，雨很大。」

「你的母親一定在耽心了？」

「不會的。」

「你常常在外邊躲雨？」

「這是雨季裏常有的事，也值得這樣大驚小怪。」

「常常在外邊與單身男子一起躲雨？」

拉絲蜜聽了這句話，噘起小嘴，生氣了。鄭九立即向她道歉，說是同她開玩笑，並無侮辱她的意思。

但是拉絲蜜卻一本正經地向他提出警告：「以後你若再說這樣難聽的話，我就不與你見面了。」

「請你原諒我。」

「沒有這麼容易！」

「那末，你要我怎樣？」

「我要你……」拉絲蜜欲言又止了。

鄭九索性轉過身去看她，發現她眼波低垂，兩頰微紅，羞答答的，更覺嬌娜嫵媚了。鄭九喜歡那種忽怒忽嗔的神情，瞧着她，越瞧越愛，越想越幻。

「把你的手伸出來。」他說。

「為甚麼？」

「給你看手相。」

「你也會看手相？」

「從一個印度人那裏學來的。」

拉絲蜜眼珠骨溜溜的一轉，覺得並無可疑之處，也就老老實實的伸出手來。鄭九接住她的手，翻來翻去，好像在察看手紋，結果卻俯下頭去吻了她的手心。拉絲蜜給他這突如其來的動作嚇了一跳，立即縮回手去，嬌滴滴的：

「你又欺騙了我！」

「我沒有欺騙你。」

「那末，為甚麼吻我的手？」

「情不自禁。」

「你是故意的？」

「絕對不是故意的，因為我已經從你的手相上看出你的將來。」
然後拉絲蜜半信半疑地問他：「我的將來是怎樣的？」
鄭九兩眼上望，若有所思地沉吟一陣，慢吞吞的說：「你將於明年結婚，婚後有兩子一女。」
「我不相信。」
「不相信嗎？讓我再告訴你一件事。」
「甚麼？」
「你的丈夫是個中國人。」
聽了這句話，拉絲蜜忽然驚叫起來，像一隻被人踩痛尾巴的小貓：「不來了！你又在取笑我了！」
「我絕對沒有取笑你，這是真話，你的手紋明明有着這樣的暗示。」
「但是，」拉絲蜜一邊羞慚地低頭，一邊用懷疑的口氣問，「但是一個馬來女人怎麼會嫁一個中國男子？」

「為甚麼不能？」

「我們馬來人多數信奉回教。」

「如果那個中國男子也是個回教徒呢？」

拉絲蜜羞得無地容身了，索性縮下頭，躲在破蓆背後，不出聲。

兩人隔了一張蓆，誰也見不到誰。

四周很靜，但聞雨聲淅瀝，風聲獵獵。鄭九手抱膝蓋，默默若有所思。半晌過後，才輕輕叫她一聲：

「拉絲蜜。」

拉絲蜜在蓆內沒好聲氣地說：「不理你！」

「為甚麼不理我？」

「因為你壞！」

「我……我很喜歡你。」

拉絲蜜終於又驚叫起來，驀地站起身，想走，發覺自己沒有穿衣服，窘極，只好迅即蹲下去。

鄭九側過臉去，看見她正在取下晾在破蓆上的濕衣，連忙勸阻她：

「這衣服還沒有乾，不能穿在身上！」

「我寧可着涼，也不跟你在一起了。你是個壞東西，嘴裏說不出好言語！」

「但是……外邊風雨仍猛，怎麼可以走回去？」

「你是個壞東西，我不能跟你在一起。」

說着，拉絲蜜已將濕衣穿上，擲去破蓆，傴僂着背，從鐵絲網下面走出來。

鄭九呆呆的望她，她竟兀自走向廟門。鄭九立即趕上前去，一把拖住她，摟住她的纖腰，吻她。

吻後，拉絲蜜兩腮泛起紅暈，羞赧地偏過臉去，咬着嘴唇。鄭九以為她在生氣，有點怕，只是獃磕磕的發怔。

廟外的風雨仍大。風聲呼呼，雨條彷彿千萬枝玻璃管子。

鄭九垂着頭，狼狽到無所措置。

拉絲蜜極其矜持的問他：「為甚麼要這樣？」

「因為……我喜歡你。」

「你剛才已經說過了。」

「但是這絕對不是假話。」

拉絲蜜眼波低垂，似乎在尋思，結果卻動了感情，撲到鄭九身上，圓睜着那一雙清明無邪的眼睛，等待鄭九去吻她。

鄭九抵受不了這熱情的挑逗，俯下頭，吻她，進入一種似夢非夢的境界……

兩人被風雨包圍了，走不出去，因此變成了風雨的俘虜。世界彷彿是真空的，只有他們兩個人，沒有悲哀，沒有憂愁，連久暫之辨都已消失。

天色很暗，枯廟黑沉沉的。一對年輕人坐在角隅處，一個靠牆而坐，一個投在他懷中。

「鄭九，你是回教徒嗎？」

「不是。」

「我們恐怕不能永遠在一起。」

「我可以加入回教的。」

「尤疏夫也許不會允許。」

「尤疏夫？」

「三遜的父親。」

「是不是因為三遜中意你，所以他的父親要阻止我？」

「不是的。」

「那末，為了甚麼？」

「因為他是甘榜裏最有地位的哈夷，他會阻止你為了愛情而加入回教。」

鄭九眉頭一皺，痛苦地絞着雙手。他與拉絲蜜相處的日子並不久，但是他已深深地愛上了她。失去拉絲蜜，等於失去這一輩子的快樂。他必須設法排除任何障礙，甚至包括尤疏夫在內。

鄭九不是一個輕浮的男子，平時不喜尋花問柳，然而這一次，僅僅同拉絲蜜見了幾面，就會為她神魂顛倒了，實在是一件不可思議的事情。

戀愛本身就是不可思議的，有的人想盡方法追求，結果一無所得；有的人只要微微一笑，就可以抵得上一百次幽會了。如果鄭九與拉絲蜜之間的關係也需要解釋的話，可能只有一個字：「緣」。

四

傍晚時分，雨停了。拉絲蜜偕鄭九走出枯廟，手拉手，踩着芭路，匆匆走回甘榜。

兩人分手，約定次日在木橋再見。

鄭九很高興，一邊唱着〈梭羅河之戀〉，一邊向河西走去。拉絲蜜依依不捨的望着他的背影，直到他轉入小卜干時，才撥轉身子。

回到家裏，母親問她在甚麼地方，她撒了個謊，說是在羔丕店裏躲雨。

然後母親到廚房裏端了一大鍋咖哩出來。

拉絲蜜肚餓了，忙不迭地伸手去抓飯吃。馬來人吃飯不用筷子，也不用刀叉，他們只是用右手將食物一把一把地抓起來，往嘴裏送。幾千年來，他們吃東西都用這個方式，習以為常，反而覺得很方便。

吃飯時，母親說：「尤疏夫下午來過了。」

「作甚麼？」

「沒有甚麼事，只不過給你送了一套七星鈪來。」

「你收了沒有？」

「盛情難卻，怎樣拒絕他？」

「我不是一再的叫你不要收受他的禮物？」

「唉，有甚麼辦法呢？你要知道，他老人家是很疼你的，一直把你當作自己人看待。」

「但是我不喜歡三遜。」

拉絲蜜的語氣很堅決。

「我知道，我知道。」母親似有難言之隱，頓了一頓後，嚅嚅滯滯的繼續說下去，「其實，尤疏夫也知道你不喜歡三遜。他甚至非常坦白地對我表示：他自己也不喜歡三遜。」

「既然如此，何必……」
「唉，尤疏夫只有一個孩子，縱使不喜歡，也終歸是他的兒子。他希望給三遜娶個好老婆，好讓三遜婚後好好做人。」
「你不要講下去了，我不要聽！」
拉絲蜜無限憎嫌地嚷起來，雙眉緊蹙，霍然站起來走到後面去洗手。
母親自怨處境為難，鼻子一酸，眼睛潮了。
遲了一會，拉絲蜜婀婀娜娜回出來，換上了一幅乾紗籠，倒在地蓆上尋思。
母親仍想說服她，但又怕她發怒，所以話語到了喉嚨口，終於又咽下去。
熱帶的氣候並不如一般想像中的那麼壞，尤其是在雨後：烏雲已散，月明風清，一切都似剛剛洗滌過似的，很爽，令人有夜涼似水的感覺。
這是睡眠的好時光，但是熄燈後，拉絲蜜卻老是睜大了圓圓的瞳子，痴望天花板。想起鄭九的胸膛，她的含笑的嘴角邊終於露了一絲春意。
她睡不着。她的母親也睡不着。

母親輕輕的叫她一聲：「拉絲蜜。」

「嗯。」

「有幾句話想對你說，又怕你生氣。」

「你說吧。」

母親沉吟一陣，細聲悄語的：「你爸爸死去後，尤疏夫給予我們的幫助最多。再說，三遜這孩子雖然野一點，本質卻相當善良。」

「媽，你是否想將女兒的幸福當作禮物送給他們？」

「我不是這個意思，不過，你年紀也不小了，遲早終歸要嫁人的。」

拉絲蜜抿嘴不語。

母親越說越傷心：「自從你父親死去了，我沒有一天快樂過……」

「媽！」

「假如你不依我的話，我只有……」

拉絲蜜「哇」的一聲哭了起來，正在熟睡中的伊士邁給哭聲驚醒，吵着要喝水。

母親立即起身，斟了一杯給她。之後，誰也不再開口。

第二天，拉絲蜜依約到木橋去會鄭九。

鄭九見她神情沮喪，知道她有心事，但是猜不透她的心事是甚麼。

兩人手拉手的走進椰林去，揀一個比較清靜的所在，坐下，面對面。

「為甚麼這樣愁眉不展的？」鄭九問。

拉絲蜜心一酸，忍不住要哭了，連忙扭過頭去不讓淚水掉下來。

鄭九又追問她：「昨天還是高高興興的，怎麼隔一夜就變成這個樣子了？」

拉絲蜜的情感激盪得很厲害，想痛痛快快地把事情講出來，可是講不出。她只是結結巴巴的說了這樣一句：「我們……以後還是少見面吧。」

鄭九聞言，心中一沉，眼睛裏充滿了詫異的神情，嘴裏喃喃的，說了一連串「為甚麼」。

拉絲蜜答不出話來，只會流淚。鄭九是個豪爽豁達的男人，逢事但求乾脆。

如今看到拉絲蜜那種哭哭啼啼的樣子，急得連額角上的汗珠都沁了出來。

「告訴我，為甚麼要少見面？」他問。

拉絲蜜猛一咬牙，答：「因為我早已有了愛人。」

「謊話！我不相信。」

「你不能不信！」

鄭九緊緊拉着她的手，立即改用一種撫慰的口氣，好好對她說：「雖然我不知道你為甚麼要欺騙我，但是我知道你在欺騙我。現在，我要你老老實實的把心事講出來。」

拉絲蜜心中彷彿被針刺似的，忍不住那一陣痛苦的感覺，猛然縱起身來，大聲哭嚷着，如飛奔出椰林。

鄭九給她這突如其來的動作怔住了，有一縷冷意從背脊下面升上來，霎那間，感受麻痺了。

他呆呆的坐在椰林裏癡等，以為拉絲蜜會回來，結果沒有。

不久，夕陽西下，暮色蒼茫。他廢然走出椰林，回到家裏，喝了半瓶白蘭地。

從此，他每天到木橋上去等候拉絲蜜，終不見拉絲蜜來到。

從此，他每一次懷着失望歸來時，就喝酒。

從此，他連笑容都不露了。

矮鬼見到這種情形，心裏明白，嘴上卻不敢直說。矮鬼認為：「也許她病了？」

這一句話使鄭九陸地振奮起來：「對！也許她病了，我應該過河去看看她。」

說着，立刻換上一件新襯衣，匆匆離家。矮鬼怕他酒後肇事，一定要跟着去。

抵達拉絲蜜家門，伊士邁和其他兩個馬來小童正在看青蛙跳遠。

鄭九傴僂着背，拍拍伊士邁的肩膀問：

「你姐姐呢？」

伊士邁搔搔頭皮，頗感難為地想了一想，然後說出三個字：「在家裏。」

「她病了？」

伊士邁只顧凝視青蛙跳遠，愛理不理的：「不知道。」

「你肯不肯帶我進去看看她？」

「我不帶。」

「那末，我自己進去了。」

說罷，鄭九舉腿走上木梯，剛到門口，裏面就傳出一串陰鷙的笑聲來。

鄭九不覺嚇了一跳，定定神，才發現三遜大搖大擺的從裏邊走出來。

三遜兩手交在胸前，樣子十分驕傲，涎着臉，沒好聲氣的：「喂，你找誰？」

「我找拉絲蜜。」

「有甚麼事？」

「為甚麼要告訴你？」

三遜臉一沉，撇撇嘴，強蠻地將鄭九一推。鄭九倒退幾步，差點滑倒在地。

伊士邁看見情形不對，慌慌張張的走到屋後去。拉絲蜜正在水龍頭邊洗衣。

伊士邁說：「姐姐，不好了！三遜同鄭九要打架了。」

拉絲蜜聞言，立即提起紗籠抹乾雙手，急急走出去。

亞答屋門前，幾個馬來人包圍着鄭九。但聞鄭九在人堆中為自己分辯：

「我不是來吵架的！」

但是三遜說：「上次在椰林中不是警告過你了，叫你不要過河來，你的膽子可真不小！」

拉絲蜜連忙擠入人群，嬌喘吁吁地往兩人中間一站，不許他們吵架。

三遜剛剛拔出巴冷刀，聽到拉絲蜜的喝聲，怔住了。鄭九見到拉絲蜜，怒氣盡消，倒退一步，解釋道：「幾天不見，特地過河來看你，但是他——」

鄭九伸手對三遜一指，拉絲蜜怕他說出不好聽的話來，立即大聲喝止，要鄭九回河西去。

「我……我……」鄭九結結巴巴的對拉絲蜜說：「我還有話要跟你說。」

拉絲蜜態度非常冷淡：「沒有甚麼可說的。」

三遜聽了這句話，以為自己勝利了，仰起頭來，嘿嘿大笑。這一笑，使鄭九十分窘迫，呆立着，顯然有點手足無措。十幾個看熱鬧的馬來人也齊聲哄笑起來了，鄭九臉孔脹得通紅，跺跺腳，憤然離開人群。

拉絲蜜知道鄭九生氣了，心內一酸，眼睛微微有點潮，連忙撥轉身，疾步走回屋裏，剛入客廳，三遜已經匆匆追來，一進門，就自作多情地拉住她。她板着臉，無限憎嫌地問：「做甚麼？」

三遜嘻皮笑臉的：「不……不做甚麼，只是想……想跟你說幾句話。」

「我不想聽！」

三遜料不到拉絲蜜會如此兇惡，呆了一陣，也就沒精打采地退了出去。

五

鄭九在精神上受了一次打擊後，回到家裏，開始大量傾飲白蘭地了。矮鬼勸他停飲，他不聽。沒有辦法，矮鬼去找吉埃店的嬸母，說鄭九失戀了，天天喝得酩酊大醉。嬸母是個刻薄而小氣的女人，平日很少到鄭九處來，除非想向鄭九借鐳。鄭九不大喜歡這位嬸母，而嬸母似乎對他也沒有甚麼好感。不過，當她聽說鄭九忽然停止捉鱷時，她不免有點耽心了：第一，她怕少了一個可以借鐳的地方；第二，她怕鄭九將鐳花光後向她借。

因此，她提起拐杖，一邊嘀咕，一邊踉踉蹌蹌地跟着矮鬼來到鄭九處。

鄭九正在喝酒。

嬸母一見他，就奪去他手中的酒杯酒瓶，直着嗓子說：「不准再喝！」

鄭九睜開滿佈血絲的醉眼，咧着嘴，要嬸母將酒杯酒瓶還給他。

嬸母正正臉色對他說：「你是一個識字明理之人，怎麼一下會糊塗成這個樣子？你該知道馬來女人是非嫁回教徒不可的，你沒有加入回教，就不便與這個女人來往！」

鄭九對嬸母的這一番「訓話」，完全無動於衷。他只是苦苦的向嬸母索酒。

嬸母繼續說下去：「再說，馬來人的風俗與我們華人不同，多數馬來人是男人嫁給女人的！」[1]

「啊？你說甚麼？」

「我問你，」嬸母大聲嚷，「你肯不肯嫁過去？」

「請你不要胡說。」

「誰胡說？我來到番山幾十年，馬來人結婚也看得多了。他們舉行結婚時，新郎由親友伴送至女家舉行儀式，奉致聘金舉行家宴，然後返家。可是，到了晚上，新郎必須在鼓樂伴同下將新娘送回女家，從此作長久居住之計，日後生男育女，通統算作女家的家人了！亞九，你願意自己的兒女成為馬來人嗎？」

「我願意！」鄭九說，「我願意我的子孫都變成馬來人！馬來亞是個好地方。」

嬸母見他態度堅決，無可奈何地搖搖頭，站起身，吩咐矮鬼將酒瓶藏起來。矮鬼說：「這幾天，他的脾氣很壞，如果認真不讓他喝，可能會惹事的。」

嬸母說：「暫時不要再將酒瓶交給他，等他清醒後，我再來。」

嬸母走後，鄭九向矮鬼索酒，矮鬼不給，他就罵了他幾句，站起身來，搖搖擺擺地走到外邊。先上羔丕店，喝下三枝烏啤[2]，心裏依舊納悶，兀自向河邊走去，將身子伏在木橋的欄杆上，看那泥漿似的河水慢慢流，流——。

他在想：拉絲蜜為甚麼忽然態度大變？

他在想：三遜怎麼會從拉絲蜜家裏走出來的？

他在想：三遜與拉絲蜜有沒有超過友誼的關係？

1　有些地區的馬來人迄今猶保持着古老的母系社會制。

2　馬來亞華僑稱黑為烏，「烏啤」即此間之「波打酒」。

正這樣想時，有個名叫「妮莎」的馬來少女，婀婀娜娜地從芭路走上橋來。妮莎長得並不美，然而體態有點像拉絲蜜。

鄭九醉眼糊塗，竟把她當作拉絲蜜了，喜出望外地走上前去，一把抱住她，噘起嘴，要強吻她的朱唇。

妮莎驚惶失措，拚命掙扎。鄭九力氣大，儘管妮莎怎樣推拒，也無法逃出他的懷抱。妮莎是個黃花閨女，從未讓男人這樣調戲過。

所以，她就大聲驚叫起來。叫聲極尖銳，鄭九有點怕，一鬆手，妮莎就匆匆奔回河東去。芭路上恰巧有兩個馬來青年走過，聽到喊聲，連忙奔上橋來，看到這樣的情形，捉住鄭九一陣揍打。鄭九也許是喝醉了，經不住一拳一腳，倒在地上，昏厥過去。

妮莎瘋狂地奔回甘榜，她的父親在外邊還沒有回來。鄰居們看見她的衣衫被人撕破，大家圍攏來安慰她。

這時，三遜也來了，擠在人堆裏，靜聽妮莎訴述受辱經過。

妮莎哭得像個淚人兒。

眾人見此情形，個個怒往上沖。三遜乘機挑撥大家的情感，一聲吆喝，浩浩蕩蕩的奔向木橋。

鄭九剛剛甦醒轉來，眼前出現無數星星，頭腦昏眩，四肢痠軟。他勉強撐起身子，還沒有直起腰桿，就發現三遜狠巴巴的向他一指，嚷道：

「就是他！他叫鄭九！專門到我們甘榜裏來調戲良家婦女的色狼！」

接着，舉腿朝鄭九腹部猛踢一腳，鄭九頓時感到痠痛，站不穩，倒在地上。

他又昏厥了。

當他醒來時，已經躺在自己家裏了。矮鬼在一旁服侍他，給他敷藥，洗傷口。

他感到渾身痠痛，忙問：「這是怎麼一回事？」

矮鬼說：「你走後，我在廚房裏洗碗。洗好碗，外邊傳來一陣嘈雜聲，原來是幾個小鄉鄰，抬着你回來了。我見你遍體鱗傷，不覺大吃一驚。我以為你醉後獨自到大芭去捉鱷，但是鄉鄰們卻說你在橋上調戲馬來女人，給別人打了一頓。」

鄭九皺皺眉，竭力尋思，怎樣也想不起自己在橋上曾經做過些甚麼。

嬸母來了，繼續厲聲疾氣的責罵他：「叫你不要喝酒，你偏要喝，現在怎麼樣？苦頭吃得不小吧！我勸你，不如快點死了這條心，打從明天起，好好做工，將來娶個膚色白淨的中國老婆。」

鄭九有意無意地對她瞅了一眼，不答腔。嬸母知道他脾氣僵，也就撇撇嘴，用鼻音「哼」一聲，走了。

這一晚，鄭九受了些硬傷，常常在睡夢中痛醒。

第二天早晨，矮鬼到小卜干去買東西，發現大家都在交頭接耳的談論昨晚上的事。

有人甚至認為馬來人必不甘休，可能會繼續採取不利於鄭九的行動。

矮鬼不免有點害怕起來，匆匆回到家裏把聽來的話講給鄭九聽，鄭九置之一笑。

矮鬼問：「你不怕？」

鄭九說：「剛才你去買東西的時候，我終於將昨晚上的經過情形想出來了。我沒有做過甚麼壞事，所以不必怕他們來對付我。」

矮鬼想了一想，覺得鄭九的話也不無道理，心緒也就不像剛才那末緊張了。於是挪開步子，捧起一堆髒衣服，準備給鄭九洗去衣服上的血跡，剛走到房門口，忽然掉轉身來，問：

「你昨天出去的時候，身上佩着獵刀？」

「好像是的。」

「但是我找來找去，終找不到。」

「也許遺落在甚麼地方。」

「遺落了？」

「一把獵刀，也值得這樣大驚小怪，丟掉了，最多再花錢買一把。」

矮鬼點點頭，捧着衣服走出臥室，一邊走，一邊嘀咕：「唉！女人，女人。」

鄭九在床上躺了三天三夜，傷處的紅腫終算消了。矮鬼從跌打醫生那裏拿了一些丸藥來，給鄭九服下，據說可以治療內傷。

到了第四天晚上，鄭九睡得不耐煩，堅欲下床走動走動，矮鬼千叮萬囑叫他：「不要走出園子。」

鄭九問他：「為甚麼？」

他說：「小河兩岸的謠言特別多，聽說馬來人對你調戲妮莎的事極表憤恚。」

「但是我並沒有調戲妮莎！」

「妮莎的上衣都被你撕破了。」

「那是因為我把她當作拉絲蜜的緣故。」

「然而別人怎麼會知道？所以，我勸你還是不要走出去的好。」

「不要緊的。」

說着，鄭九不顧一切地走出園子，踩着芭路，肩上站着七彩飛狐，徐步向木橋走去。

那是一個無星無月的夜晚，整個甘榜靜靜的，一點聲響都沒有。他獨自一人站在橋上看河，看河水緩緩南流。

正看得出神時，忽然聽到身後有人輕喚他名，回頭一看，竟是拉絲蜜。

「你？」

「是的，是我。」拉絲蜜悽然點頭。

「你比前幾天清瘦了。」

「那天你走後，我一直心神不定。」

「為甚麼不來找我？」

拉絲蜜的嘴唇發抖了，想說話，喉嚨彷彿給甚麼東西塞住似的，怎樣也說不出話來。她只是愣磕磕的睖着鄭九，眼眶裏含着淚水。半晌過後，她才嚅嚅滯滯的說了這麼幾句：

「為了避免日後引起更多的麻煩，我覺得我們應該少見面。」

「我完全不懂你的意思。」鄭九說。

拉絲蜜聳肩飲泣了。

鄭九用手圈住她的肩胛，掏出自己的手帕來，替她抹淚：「不要難過，我們現在不是又在一起了？」

拉絲蜜哭得更哀慟，痛苦地把頭搖得像撥浪鼓一般，然後抽抽噎噎地說了一句：

「請你把我忘記了罷！」

她剛欲掉轉身時，鄭九一把將她拖住，對她說：「我不能忘記你！我實在不能忘記你！」

拉絲蜜聽了此話，不覺大吃一驚，只是呆呆的發怔，模樣十分悽楚。她不是一個自私的女人，但是現在她已經無能為力了。事情發展得如此不近情理，再也不能用愛情來治療受傷的自尊心。她知道鄭九是不肯原諒她的，然而又有甚麼方法能將她的感情一筆勾銷？

她依舊垂着頭，連悄悄偷看他一眼的勇氣都沒有。

天氣很悶。

遠處忽然吹起一陣怪風，烏雲從山後升起，黑壓壓的，罩住了整個甘榜。

鄭九伸出手臂，勾住她的肩膀，低聲說：「拉絲蜜，你有甚麼困難，告訴我，讓我幫助你解決。」

拉絲蜜咬着嘴唇不說話。

鄭九又追問一句：「是不是因為三遜？」

拉絲蜜正欲開口時，忽然傳來一串響雷，狂風陡起，天就一個大點一個大點地落起驟雨來了。拉絲蜜猛一咬牙，從頸脖上解下項鍊來，交給鄭九，飛也似的奔入雨簾。

鄭九呆呆的站在雨中，含着淚水望出去，霎那間，拉絲蜜的背影消失了，但見白茫茫的一片。

雨，越落越大。

鄭九渾身濕漉漉的，像隻落湯雞，雨水從頭頂流到腳底，使他連連打了幾個寒噤。七彩飛狐依舊站在他的肩上，受不住雨水的侵襲，開始吱吱發叫。叫聲雖細微，卻十分淒厲。鄭九這才似夢初醒，疾步奔回家去。回到家裏，七彩飛狐噗噗的振翼翺翔，一方面在抖去身上的雨水，一方面似乎在責怪鄭九不該讓牠淋雨。

鄭九自己則因傷勢初癒，體力尚未完全恢復，着了點涼，覺得冷涔涔的。矮鬼拿了一塊乾毛巾給他擦身，又斟了一杯白蘭地給他驅寒。

一杯酒下肚後，鄭九酒癮大發，從矮鬼手中搶過酒瓶，不用酒杯，就咕嘟咕嘟的一口氣傾飲。

這一晚，鄭九又醉了。醉後，頻發夢囈。躺在床邊的金錢豹常常抬起頭來，圓睜眼睛睖着他。

第二天，他身熱異常，病懨懨的一點精神也沒有。矮鬼出去請個唐醫來，把過脈後，說他必須安心靜養，不然，可能變成大病。

鄭九沒有辦法，只好遵醫囑躺在床上休養，但是心裏老是在惦念着拉絲蜜。

六

過幾天，鄭九完全復原。離開病榻後，第一件事，就想過河去找拉絲蜜。矮鬼勸他不要去，他不聽。矮鬼說：「小河對岸的馬來青年，還沒有把妮莎的事忘掉。」但鄭九認為：只要實際上並未調戲過妮莎，就不會有甚麼麻煩的。

鄭九個性素來強，想做甚麼，就做。

當他抵達拉絲蜜家門口時，伊士邁告訴他：「姐姐在椰林裏散步。」

鄭九連忙走入椰林，果然發現拉絲蜜坐在地上，背靠椰杆，抬着頭，望天。鄭九走到她身旁，細聲喚她。她偏過臉來，見是鄭九，頗感詫異。

「聽說你病了？」拉絲蜜問。

「是的。」鄭九點點頭，「那天在橋上淋了雨，受點感冒。奇怪，你怎麼會知道的？」

「大前天，伊士邁在河邊遇見矮鬼，問起你，才知道你不舒服。」

噤默。

鄭九索性也坐下了，與拉絲蜜面面相對。他說：「在病中，一直想着你。」

「我曾經叫你將我忘掉。」

「你自己做得到嗎？」

拉絲蜜痛苦地垂着頭，想了一想，不作正面答覆，只說：「前天，三遜的父親託朋友又到我家來。」

「說些甚麼？」

「討論訂婚的日期。」

「訂婚？你與三遜？」

「聽說尤疏夫已經備妥了戒指一隻，衣料兩套，頭遮布一條，現金四百。」

「做甚麼？」

「準備到了訂婚的那天，由長者當作男方的禮物，送給我們。」

鄭九聽了這一番話語，猶如冷水澆頭，有一種不可言狀的感覺，蟠結在心頭。

隔了很久，他問：「你母親答應了沒有？」

「母親在沒有獲得我的同意之前，她不敢作主。」

「那末，你是不是準備答應三遜的求婚？」

「我……我不喜歡三遜，但是——」

拉絲蜜沒有將「但是」以下的話語說出來，淚水已經奪眶而出了。鄭九明白她的意思，伸出雙手，捉住她的肩膀，吻她。

拉絲蜜的情感，一直是隱藏着的。經過這一吻後，她再也不克自持了。她將鄭九抱得很緊，彷彿怕別人搶去似的。

鄭九求她不要答應三遜的婚事。

她似有無限隱痛。

「把你的心事告訴我。」鄭九作了這樣的要求。

拉絲蜜踟躕半日，終於橫橫心，說出了一個秘密：「有一件事，我從來沒有跟別人說過，本來不想告訴你，但是——現在已經到了非告訴你不可的時候了。」

「請你告訴我吧，我絕對不跟別人說。」

拉絲蜜沉吟一下，然後字斟句酌地對鄭九說：「我的母親曾經是尤疏夫的未婚妻！」

鄭九聞言，不覺發了一怔：「這是怎麼一回事？」

「那時候，」拉絲蜜說，「我還沒有出世。我的母親是甘榜裏最美麗的女人，追求的人很多，其中以尤疏夫追求最力。尤疏夫為人儉樸忠厚，女人們都會喜歡他。當他請長者來求婚後，我的母親並不拒絕。訂婚後，尤疏夫每個月來看母親一次，並且還負擔着她的生活費用和醫藥費……不久，尤疏夫有事離此前往新加坡，在新加坡前後住了三個月，結果事情就發生了變化。」

「甚麼變化？」

「當尤疏夫在新加坡的時候，我的母親在芭場上認識一個年輕的農人，兩人早夕相處，日子一久，終於發生情愫……待至尤疏夫歸來後，發現母親已經移情他人，非常懊惱。」

「那農人是誰？」

「就是我和伊士邁的父親。」

「你母親終於與尤疏夫解除了婚約？」

「是的。」

「尤疏夫肯答應嗎？」

「尤疏夫是個好人，他不但不使母親為難，還常常在暗中接濟我們。因為，我的父親一直很窮。」

「後來怎樣？」

「後來，為了增加收入，父親常於工作之暇，到產鱷區去捉鱷。起先，一切都很順利，家庭的經濟情形也因此而略告好轉。不料，好景不常，在一次單獨行動中，遭遇了最大的不幸。」

「死了？」

拉絲蜜悲痛地點點頭。

鄭九問：「那時候，尤疏夫有沒有結婚？」

拉絲蜜答：「尤疏夫早已結了婚，生下了三遜。三遜比我早幾年出世。」

「你父親故世後，你們三人靠甚麼來維持生活？」

「母親在芭場裏做些短工，還替別人洗衫織補。」

「這樣會有多少收入？」

「所以日子過得非常清苦，而母親又很固執，無論怎樣困難，也不願再醮。尤疏夫見到了這樣的情形，常常暗中送一點錢給我們。母親起先不肯拿，後來，實在太窮，沒有辦法，才接受了尤疏夫的幫助。我們從沒有將尤疏夫的接濟視作一種施捨，我們認為這是一種道義上的幫助。」

「尤疏夫是你母親的舊情人，難道在情感上……」

「我明白你的意思，但是尤疏夫是個長者，他的心田非常純正。自從父親死去後，他對母親只有友情，沒有愛情。」

「所以你們很感激他？」

「是的。」

「甚至願意把自己的愛情當作禮物報答他？」

聽了這句問話，拉絲蜜為難地低下頭，尋思久久，才說：「尤疏夫並不喜歡三遜，但是他喜歡我。」

「如果他真的喜歡你，他就不應該叫你嫁給三遜。」

「三遜是他的獨生兒子。」

「這不是很好的理由，」鄭九說，「照我看來，尤疏夫可能因為得不到你的母親，形成了一種潛意識的報復心理，想叫三遜來補償他自己的損失。」

「尤疏夫是個好人，他絕對不會有這個意思。問題是：三遜再壞，終歸是他的兒子。」

「如果你不同意呢？」

「尤疏夫當然不會逼我下嫁三遜，只是母親覺得我與三遜的結合，會使她感到莫大的安慰。」

鄭九細味拉絲蜜的話語，想了大半天，最後下了這樣的結論：「你應該忠實於自己的情感。」

拉絲蜜像木人一樣，圓睜着渙然的瞳子，緊咬下唇，呆想。何處飄來一陣「香蕉花」的清香，椰林中，有咕咕鳥[1]的叫聲。拉絲蜜驀地站起身來，拍拍身上的灰塵，對鄭九說：「我要回家了。」鄭九緊緊拉着她的手，問她：「甚麼時候可以再見你？」拉絲蜜說：「你應該恢復做工了。」

1 咕咕鳥，馬來人稱作「Burung Kuku」，是一種熱帶常見的鳥。

七

經過這一次見面後，鄭九精神為之一振。第二天下午，揹着獵叉，獨自一人走入大芭去捉鱷。

前幾天佈置在河岸上的鐵絲網，因為多日未用，此刻已經生鏽了。這些鐵絲網都是日本兵留下來的，打仗的時候，無論防魚雷或者封鎖陸上交通，都需要這東西。戰爭結束後，鐵絲網變成了廢物，中國人利用它來捉鱷魚，收效甚佳。不久，馬來人也開始將那些老法子放棄了。

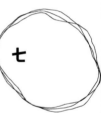

用作捉鱷的鐵絲網，必須保持網狀而不生鏽的，否則，就一無用處。

鱷魚的嘴，既長且大，不但能夠吃人，抑且可以吞下硬質的東西。凡是沒有到過馬來亞的人，談到鱷魚，總以為鱷魚皮是最值錢的東西，殊不知，鱷魚肚裏的化石，在南洋幾乎也被視作一種寶物。有一次，鄭九捉到過一條身長不下二十呎的吃人鱷魚，拖回家中，用剪刀剖開牠的肚皮時，竟發現肚裏藏着許許多多化石，諸如手錶、戒指、耳環、金鐲等等，足見鱷魚的嘴巴是多麼的可怕了。

自從有了這些鐵絲網後，捉鱷人在捉鱷時的危險性也就大為減少。只要利用網狀鐵絲先將鱷魚嘴巴套住，然後留神不讓牠的尾巴掃到，通常就不會再有其他的危險了。

鄭九是最先應用這種方法的捉鱷人。

他經常一個人到河邊來，所獲的成績好，所遇的危險最少，大家都覺得奇怪，其實，理由很簡單，只有三個：膽大，心細，有頭腦。

這一天，鄭九病後復出，依舊應用老法子，只是那些鐵絲網已經生鏽了，不得不改用獵叉。

他坐在離岸約莫二三十呎的樹幹上，手持銅器，鐺鐺鐺的一陣子亂敲。敲了十分鐘左右，那泥漿似的河水中一連伸出四隻鱷魚頭來。

他心裏有點怕，可是怎樣也不願意放棄這個機會。

他繼續敲響銅器。

四條鱷魚聽到了聲音，同時爬上岸來，一步又一步地向鄭九迫近。

鄭九擎起獵叉，卻不敢跳下樹杆。

但是其中有一條，至少有三十幾呎，是難得見到的大鱷魚。

鄭九連忙掏出手電筒來，用電光照射那條大鱷魚，等牠的眼睛轉成紅色時，縱身下樹，敏捷地將獵叉插住牠的長嘴，以為得手了，冷不防給另外一條鱷魚用尾巴掃倒在地上。

幸而鄭九身體茁壯，摔了一跤，沒有暈過去。

際此生死關頭，鄭九立刻在地上打了個滾，滾到大樹底下，閃身樹幹背後，那條用尾巴掃他的鱷魚已經張開長長的大嘴露出一副凶相。

鄭九傷在腰背，痛極欲嚎。看到那條張開大嘴的鱷魚正向他一步步逼近時，立即竄入草叢，飛也似的疾步奔跑。

他的傷勢似乎並不輕，但是在奔跑的時候，也許因為太緊張的緣故，連感受都痲痺了。

奔出大芭，他站停了，透口氣，緊張的情緒終於鬆弛了。就在這時候，他開始感到腰部的痠痛，一陣陣，像針刺。

他的獵叉依舊插住那條鱷魚，沒有帶回來。鐵絲網也全部留在河邊，手裏只有一綑繩索。縱然如此，他在走路時，大腿還是重甸甸的，不若平日那麼輕便。

他一瘸一拐地走着，走到木橋，已經氣喘如牛了。

木橋上站着一個女人，很像拉絲蜜，走近一看，原來是妮莎。

鄭九有意無意地對她一瞅，皺皺眉，連笑容都不露。妮莎以為他憎嫌自己，因此圓睜雙目望着他，想說話，卻把要說的話嚥了下去。鄭九臉色蒼白，額角上沁着冷汗，困難地挪開步子，經過妮莎身旁，腿一軟，差點沒暈倒在地。

妮莎見此情形，忙不迭走去扶他。

「你怎麼啦？」妮莎問。

鄭九將身子靠在欄杆上，定定神，有氣無力地說了一句馬來話：「Terima Ka

Sih !」[1]

妮莎又追問一句：「你……你又喝醉了？」

「不，」鄭九說話時呼吸十分迫促，「我今天沒有喝過酒。」

「那末，究竟是怎麼一回事？」

「我在大芭捉鱷，不留神，給鱷魚的尾巴掃到了，傷在腰部，很痛，走路不方便。」

「你住在哪裏？」

「河西吉埃店隔壁。」

「讓我送你回去。」

妮莎攙扶鄭九過河。回到家裏，鄭九吩咐矮鬼替他敷傷藥。敷好傷藥，妮莎

1 馬來語，即「謝謝」。

要走，鄭九留她喝一杯咖啡。

鄭九心裏總覺得事情有些蹊蹺。妮莎這個女孩子，曾經給自己調戲過，現在卻這麼好心腸了，其中必定另有緣故。

因此，他頗表歉仄地對妮莎說：「上次的事，我對不住你。」

妮莎兩腮頓時脹得緋紅，羞慚地：「是我不好。」

「你不好？」

「我不該在眾人面前說你的壞話，以至引起了公憤。直到現在，甘榜裏還有許多人對你不諒解。」

「事實上，當時我的行為也實在太不檢點了，這是我自己做錯了事，怪不得別人。」

「你沒有錯。」

「為甚麼？」

「因為那時候，你喝醉了。你不是存心的。」

「你怎麼會知道的？」

「今天中午，遇見拉絲蜜，談起那天的事，才知道你喝醉了。」

「我把你當作拉絲蜜，要不然，即使是喝醉了，也決不至於這樣無禮。」

妮莎想了一想，兩隻眼珠子骨溜溜的一轉，然後期期艾艾的：

「你很喜歡拉絲蜜？」

「是的。」

「拉絲蜜呢？」

「她也待我很好。」

「但是……」

妮莎頓了一頓，繼續說下去：「聽說拉絲蜜與三遜就要訂婚了。」

「這是謠言。」

「這不是謠言。」

「你甚麼時候聽到的？」

「今天中午，拉絲蜜親口告訴我的。」

「怎麼我一點都不知道？」

妮莎發現鄭九神色大變，心中不免有點虛怯，放下咖啡杯，立即站起身來，說：「我要走了。在我離開這裏之前，我願意坦白告訴你，剛才我是故意在橋上等你的，沒有別的意思，只想讓你知道我怪錯了人。」

說着，伸手與鄭九握別。臨走時，鄭九託她帶個口信給拉絲蜜，說自己捉鱷受了傷，請她過來一次。

妮莎走後，鄭九腰背仍有微痛，沒有吃東西，就沉沉入睡。

第二天早晨，睜開眼來覺得口渴，大聲喚矮鬼，房門啟開，進來的卻是拉絲蜜。

「矮鬼到小街場買菜去了。」拉絲蜜笑盈盈的端了一杯凍水，走到床邊。

「你來了？」鄭九睡眼惺忪，不敢相信這是事實。

拉絲蜜點點頭，說：「昨天晚上，妮莎來看我，說你受了傷。」

鄭九豎起身子，腰卻忽然感到一陣劇痛，喝一口水，又躺了下去。拉絲蜜取過毛巾來，給他抹乾額角上的汗珠。鄭九性急，在極度的痛楚中，還向拉絲蜜提出了這樣一個問題：

「聽說你就要同三遜訂婚了？」

拉絲蜜不作正面答覆，只說：「你受傷不輕，好好休息罷。」

「不！」鄭九歇斯底里地叫喊起來，不管腰背的痠痛，掙扎着要直起身子。

拉絲蜜勸他躺下去。

他的情感衝動到極點，緊緊握着拉絲蜜的手，問：「告訴我，你是不是已經答應三遜的求婚了？」

拉絲蜜被他逼得無法，終於點了頭。

鄭九焦躁萬分，忍不住直蹦直跳的問：「為甚麼？拉絲蜜，你為甚麼要答應？前天，我們在椰林裏還是談得好好的，為甚麼忽然又變了卦？」

拉絲蜜囁嚅一會，聳肩啜泣了。鄭九一定要她把理由說出來，她才張口結舌的，說了一句話：

「母親已經親口答應了尤疏夫。」

「你並不愛三遜？」

「我雖然不愛三遜，但是我愛我的母親。」

「你愛母親甚於愛你自己？」

「可以這樣說。」

「那末，你願意為了你的母親而犧牲自己一輩子的幸福？」

「只要她老人家能夠感到幸福。」

——談話至此，鄭九恨不得捉住自己一陣子揍打。他是既憤且妒，驟然間失去一切的希望，覺得這世界再也沒有甚麼東西值得他留戀。

經過一大陣難堪的沉默後，鄭九用沙啞的嗓音問她：

「訂婚的日期定了沒有？」

拉絲蜜的嘴唇在發抖，隔了大半天，才告訴鄭九：訂婚的日期已經定好了，下星期三。

鄭九不覺發了一怔，彷彿當胸給人捶了一拳似的，悶得很，一時說不出話來。半晌過後，還是拉絲蜜先開口：「也許這是最好的結果。」

但是鄭九不同意她的看法。鄭九認為：「一個人必須忠於自己的情感，絕對不可將他人的幸福建築在自己的痛苦上。」

拉絲蜜長嘆一聲後，幽幽的勸鄭九：「不要做回憶的奴隸，最好把過去的事全部忘記。」

「我……我忘不了！」

「鄭九，你別這麼衝動。」拉絲蜜噙着眼淚說，「我們宗教不同，不能結合的。」

「我願意加入回教。」

「為了愛情，長老是不會允許你加入的。」

聽了這句話，鄭九對拉絲蜜的感情，不能不有所懷疑了。因此，在氣憤中，他竟說出了這樣的話語：

「難道你的心腸這樣硬？」

拉絲蜜臉色唰的發青，站起身來，一言不發，朝外低頭急走。

八

星期三。

鄭九叫矮鬼過河去，看拉絲蜜是否真的同三遜舉行訂婚儀式。

拉絲蜜家特別熱鬧，客廳裏擠滿了親友。按照馬來人的習俗，舉行訂婚儀式時，男女雙方必須邀請親友前來觀禮作證。在這些親友中，推出一位長者或「哈夷」來，作為訂婚主持人。

當儀式開始後，尤疏夫親自將禮物呈交主持人。禮物相當多，包括鑽戒一個，紗籠布四幅，七星鈪一套，頭遮布一條，耳環兩對，現金八百。

主持人接過禮物，當眾宣佈：「拉絲蜜與三遜訂婚了。」然後小心翼翼將禮物交與拉絲蜜的母親。

拉絲蜜退入內室休息。

筵席擺開，賓主們開始有說有笑的進食了。

拉絲蜜木然坐在地蓆上，心裏亂亂的，一絲笑容都沒有。母親明白女兒的心事，離開筵席，悄悄走入內房，細聲安慰她：

「孩子，讓我告訴你，自從你父親逝世後，只有今天，我才有了一點輕鬆之感。」

「那就再好也沒有了。」拉絲蜜說。

「但是，」母親非常關切地問她：「你似乎很不高興？」

「沒有甚麼。」

母親輕輕嘆息一聲，走到廳裏招待客人去了。天氣很悶，使人喘不過氣來。拉絲蜜的心也像鉛般沉重，一種異乎尋常的不安使她感到煩躁。打從早晨起，她一直在想着鄭九。

拉絲蜜開始追悔了。暗忖：如果自己能夠勇敢些，就不難與鄭九結成恩愛同心的夫妻。但是她偏偏這麼懦弱，對於這情感上的事，竟一點主張都沒有。

她哭了，背着人偷拭淚水，只是眼淚並不能給她任何力量。

就在這時候，尤疏夫突然走了進來，見她眼圈紅紅的，忙問：

「今天是你的大日子，應該咧開嘴發笑，怎麼反而悲傷起來了？」

拉絲蜜不想讓尤疏夫知道自己的心事，立刻破涕為笑，信口撒個謊：

「也許我太高興了。」

「不錯，你是應該高興的。三遜這個孩子有時候稍為野了點，然而本質上，他是非常善良的，結了婚，會做好丈夫。」

拉絲蜜垂下頭，有點害羞，也有點懷疑。

尤疏夫繼續說下去：「從明天起，按照我們祖先定下來的規矩，你的生活費和醫藥費將由我來負擔。我每個月叫三遜來探望你一次，屆時，他會把錢交給你的。」

聽了這一番話，拉絲蜜心裏很不自在，但是嘴上還是說了一句：「謝謝你的好意。」

接着，拉絲蜜的母親也進來了。

尤疏夫趁便向她提出一個必須解決的問題：「甚麼時候舉行結婚儀式？」

拉絲蜜的母親踟躕了一陣，張口結舌的，答不出話來，她並不反對早日舉行婚禮，只因手頭拮据，一時無法籌到這筆款子。馬來人結婚，與中國人不同，男方所付出的只是幾百元的聘金而已，至於籌備新房家具以及宴客等費用，悉由女方負責。如果拉絲蜜嫁的不是三遜，她還可以向尤疏夫商借一些；現在，既然與三遜結合，按照規矩，不但拉絲蜜的母親不便開口，即使尤疏夫有意幫忙，也決不可以這樣做的。

因此，當尤疏夫提出婚期的問題時，她是十分為難了。

尤疏夫是個明白人，對於女方的困難，當然不會不清楚。為了婚禮能夠早日舉行，他願意代替女方負擔家具和宴客的費用。

但是拉絲蜜的母親不肯。

她說：「這樣做法是不對的，別人知道了，會當作笑話傳開去。」

「那末，依照你的意思，甚麼時候可以舉行婚禮？」

「最好再過一年。」

「一年？」尤疏夫顯然不十分贊同。

拉絲蜜的母親說：「我希望在這一年中省吃儉用，積些錢起來。」

「如果一年之後仍沒有辦法呢？」

「我相信會有辦法的。」

尤疏夫眉頭皺，覺得很為難了。這幾年來，他一直希望三遜能夠早日結婚，如今，拉絲蜜既已答應，但是為了女方經濟不足，必須將婚期延後一年才舉行，他當然要耽心的。他耽心在這一年中，事情會起變化。

因此，他一再地要求女方接受他的建議和幫助。

然而拉絲蜜的母親卻作了這樣堅決的表示：「對於這樁婚事，我的態度，也許比你更積極。我一生欠你的債務，包括錢財上的與情感上的，實在不能算少。只有三遜和拉絲蜜結了婚，我在感情上的重荷才可以減輕，我那難以排遣的哀愁也可因而減少。所以，你必須了解，我是無意延擱婚期的，問題是：你對我們的幫助原已太多，這一次，我寧願多吃些苦，也不能讓拉絲蜜給別人瞧不起。」

尤疏夫沉吟一下，覺得她的話語不無道理，也就不再堅持自己的意思了。在退出內室之前他低聲說了一句：

「既然你覺得這樣好，那末，就這樣辦吧。」

說着，用手背抹抹嘴，走到客廳去喝酒。

拉絲蜜的母親這才撥轉身去，竟發現拉絲蜜在偷泣。

「不許哭，」老人說，「回頭給親友們看到了，像甚麼話？」

拉絲蜜抬起頭來，眼淚汪汪的，叫了一聲「Emak[1]」，哭得連氣都透不轉了。老人看見女兒如此悲傷，心裏滿不是滋味。她只是睜大了空茫的眼睛，死板板的說：

「我知道你不喜歡三遜，但是我們欠尤疏夫的情實在太多。如果尤疏夫不提出這婚事，我也許可以用別的方法來補償他的好意，偏偏三遜又是這樣中意你，叫我怎好拒絕他？」

拉絲蜜抽抽答答的：「Emak，我不怪你，我只怪自己的命運太壞！」

1 馬來人稱母親為「Emak」。

九

拉絲蜜的訂婚，使鄭九在情感上陷入極度混亂的困境。當他傷勢痊癒後，他開始恢復酗酒，常常一個人走到木橋上去看河。矮鬼瞧不順眼，曾經坦白地勸他：「不必自尋煩惱。」他不聽。

當他忍受不住寂寞的煎熬時，他就做出一些毫無意義的事情。這些事情，除了給他以更深的寂寞外，不會產生更好的結果。

有一晚，他喝了幾杯啤酒，閒着無聊，兀自走過木橋，嘴裏哼着〈梭羅河之戀〉，竟一搖一擺的走進馬來甘榜，尋找妮莎去了。

妮莎的家座落在山腳，離開三遜的家不足一百步。鄭九沒有去過，只好找人詢問。

找到了，妮莎剛剛吃過晚飯。妮莎想不到鄭九會來找她，心裏覺得奇怪。

「你怎麼會來的？」她問。

鄭九已有幾分醉意，說話時發音不大正確：「我很寂寞。」

妮莎很有禮貌的邀他坐下，知道他喝過酒了，特地搾一杯酸柑水給他飲。

鄭九問她：「你一個人住在這裏？」

「還有 Bapa[1]。」

「他到甚麼地方去了？」

「在芭場上做工。」

「那末，」鄭九帶着醉意用調侃的口吻問她：「你不覺得寂寞？」

「Tidak。」[2]

1 馬來人稱父親為「Bapa」。

2 「Tidak」的意思是「不」。

鄭九平白無故地哄笑起來，笑了一陣，舉杯呷水，然後瞇細眼睛，仔細端詳妮莎。

妮莎給他看得不好意思，偏過臉去，竊笑。鄭九喜歡這種忸怩的神態，站起身，走到她面前，想抱她，外邊忽然傳來一陣零亂的腳步聲。

門外走進一個老頭子，原來是妮莎的父親——阿旺。

阿旺對鄭九瞅了一眼，知道他已喝醉，當即直着嗓子問：

「你是誰？到這裏來做甚麼？」

鄭九笑得很天真，答：「我叫鄭九，我是妮莎的好朋友。」

阿旺不喜歡喝酒的男人，因此毫不客氣的下了逐客令：「你醉了，請你立刻離開這裏！」

鄭九斂住笑容，聳聳肩，沒精打采的走了出去。妮莎要送他一程，竟被父親一手攔住。鄭九見此情形，伸伸舌頭，唱着笑着走回家去。

他的歌聲引起了居民們的好奇，亞答屋內每有馬來人探頭窗外，用詫異的目光，凝視這個喝醉了的中國人。

大家都問：「他來做甚麼？」

誰也答不出。

其實，鄭九自己也不知道為甚麼要來找妮莎。他與妮莎之間，連友誼都談不到，更遑論其他。然而甘榜中人的頭腦比較守舊，當他們獲悉鄭九夜晚過訪妮莎時，不加思索，就認定這是一樁不平常的事。

謠言像雨後的咕咕鳥一般，到處亂飛。

謠言傳到拉絲蜜耳中，拉絲蜜心裏非常難過。她不相信鄭九會愛上妮莎，即使有這麼一回事，也不過是一時的情感衝動，決不會認真的。但是，謠言倘若再不中止，可能對鄭九十分不利。

拉絲蜜知道鄭九的所作所為，早已引起馬來人的反感。再加上三遜的蓄意煽動，鄭九如果繼續與妮莎來往，其後果實不堪設想。

為了這個緣故，拉絲蜜必須勸阻鄭九再來尋找妮莎。

拉絲蜜想寫信給鄭九，然而這是行不通的。因為拉絲蜜與鄭九曾經互訴愛意，如今忽然寫信勸他勿與妮莎接近，在鄭九那方面來說，他一定會把「忠告」當作「嫉妒」。

所以，拉絲蜜認為非與鄭九見一次面不可了。

就情理來說，一個訂了婚的女子當然不應該背着未婚夫去和別的男人會面，然而為了不使自己心愛的人陷於困境，她必須冒一次險。

她叫伊士邁過河去，帶個口信給鄭九，要他悄悄的到枯廟去見面。

口信帶到了，鄭九依時去到枯廟。兩人久別重逢，彼此都有點窘，愕磕磕的你看我，我看你，誰也不知道該語從何起。

最後還是拉絲蜜先說話：「聽說你常常喝酒？」

鄭九賭氣似的答了兩個字：「不錯。」

「喝醉了酒，常常找妮莎？」

「你不喜歡？」鄭九反問她。

拉絲蜜對鄭九橫波一瞅，佯嗔薄怒地：「我知道你會這樣想的。」

「想甚麼？」

「將我的忠告當作嫉妒。」

「你妒忌嗎？」

拉絲蜜慢慢低下頭去，想了想，說：「也許我在妒忌，也許我想為你好，不論是哪一個原因，你必須停止與妮莎接近。」

「為甚麼？」

「因為三遜在暗中製造謠言，企圖藉此激起馬來人的公憤，打擊你！」

「但是三遜是你的未婚夫？」

拉絲蜜怔了一怔，愕磕磕的望着鄭九，答不出話來。

拉絲蜜已經是個訂過婚的女人了，然而總不喜歡別人提起這件事。她與三遜間的關係是非常微妙的，鄭九並不明白。鄭九只知道拉絲蜜涼薄寡情，卻不去追究女人究竟有何苦衷。為了這個緣故，他不願接受拉絲蜜的忠告，甚至懷疑拉絲蜜的忠告另有作用。

這樣的態度，使兩人的會面完全失卻意義。拉絲蜜縱有千言萬語，此刻也不知道應該說些甚麼了。她無法讓鄭九了解自己的處境，更無法讓鄭九接受她的忠告。

因此，她唯有用嘆息來代表心意了。鄭九發現她在挪開腳步，連忙將她捉住，吻了她的面頰。

拉絲蜜雖不抗拒，但神情非常漠然。

鄭九有點憤恚，粗聲粗氣的咆哮起來：

「你說，你說，為甚麼要約我到這裏來？」

拉絲蜜咬着嘴唇，不答。

鄭九依舊歇斯底里地問她：「說呀！為甚麼約我來？」

拉絲蜜的面頰上掛着眼淚。很久很久，幽幽的說了這麼一句：「讓我走吧。」

「你必須告訴我一個理由！」

拉絲蜜忽然似瘋似癲地往外疾奔，鄭九連忙追上去，究竟男人跑得快，三步兩腳，又將拉絲蜜捉住了。拉絲蜜拚命掙脫，鄭九手一鬆，目送她的背影，像脫籠的鳥一般，越奔越遠……

從此兩人就不再見面了。

但是時間並沒有沖淡拉絲蜜對鄭九的思念。每當月明風清時，她會獨自憑窗沉思。她的笑容已經變成一種稀有品了，臉上常常掛着惆悵。母親並非不知道女兒的心事，只因老頭子給鱷魚掃死後，在情感和錢財上，欠尤疏夫的債太多，唯有這樣做，才可以稍稍心安，然而怎樣也想不到女兒對那個中國人竟如此痴情。

不久拉絲蜜病了，不想睡，不想吃，天天發燒，連醫生也不知道她患的甚麼病。

就在這時候，妮莎死了。

「妮莎被人殺死了！」

消息一傳十，十傳百，儘在甘榜裏兜圈子，像窩風，擋也擋不住。

首先發現妮莎被殺的是羔丕店頭家[1]，那時候已經十一點敲過，落大雨，妮莎的父親在芭場上給葛巴拉[2]罵了幾句，心中納悶，走進羔丕店去喝酒，喝下不少，醉得不省人事。羔丕店頭家名叫奧馬，是個好心腸的老人，看到這種情形，親自點燃風雨燈，撐一把傘，將妮莎的父親攙扶回家。抵達家門時，奧馬大聲喚叫，但怎樣也得不到應聲。奧馬以為妮莎睡着了，伸手推門，門虛掩着，「呀」一聲啟開，先放下酒漢，然後提起風雨燈張望，望了一圈，不覺嚇了一大跳：原來妮莎仰臥在地板上，兩眼眨直，胸脯插着一把長刀，鮮血還在簌簌地淌。

至此，奧馬歇斯底里地嚷了起來，附近的居民聽見喊聲，紛紛冒雨趕來。

大家看到這種情形，無不目瞪口呆。

有人想推醒妮莎的父親，但是老人家醉得連知覺都沒有了。

這時候，住在鄰近的尤疏夫和三遜也聞訊趕來。

尤疏夫以長者的地位，出現在這種場合。對於妮莎之死，怎樣也查究不出原因。

「這是怎麼一回事？」他問。

然而誰也答不出。

三遜傴僂着背，俯身察看屍體，看了一陣，忽然驚叫起來：

「這……這是一把獵刀！」

「誰的？」眾人異口同聲地問。

1 「頭家」即老闆。

2 「葛巴拉」即工頭。

三遜索性伏在地上，仔細察看插在妮莎胸脯的獵刀。奧馬用風雨燈給他照明，他將眼睛瞇成一條縫，看了又看，說：

「刀柄上好像刻着兩個中國字。」

於是有一位認識中國字的馬來人也俯身去觀看，邊看邊說：「鄭……九！」

三遜聞言，立即直起身子，咬咬牙憤恚地對眾人說：

「毫無疑問地，這是一樁謀殺案，兇手是鄭九！如果各位不太健忘的話，這個鄭九過去曾經調戲過妮莎！」

有人問：「鄭九為甚麼要殺死妮莎？」

三遜答：「這個暫時還沒法肯定，不過，證據確實，鄭九殺死了妮莎！」

大家紛紛點頭稱是。

尤疏夫主張報告馬打厝[3]，但是馬打厝離開這裏有十幾條石[4]，一時來不及趕到。於是奧馬自告奮勇願意冒雨去報警，然而三遜認為：

「等馬打[5]趕到，鄭九早已聞風逃走了！」

眾人齊聲喊起來：

「走！我們去捉鄭九！」

「讓我們替死去的妮莎報仇！」

「打死鄭九這個魔鬼！」

……群情洶湧，你一句，我一語，嘩啦嘩啦的，嚷個不休。三遜叫大家立刻回家去拿燈拿刀棍，但是尤疏夫非常冷靜，守住門口，伸開雙手，攔阻大家走出去。

尤疏夫說：「不可以這樣做！」

三遜直着嗓子問父親：「為甚麼？」

3 「馬打厝」即警察局。

4 馬來亞華僑稱一哩為「一條石」。

5 「馬打」即差人。

父親說：「用私刑是犯法的！」

三遜說：「我們無意用私刑，但是此刻不去，恐怕永遠抓不到鄭九了！」

於是眾人紛紛高嚷：「對！讓我們現在去抓鄭九！」

尤疏夫仍想用個人的理智去克服群眾的情感，只因力量薄弱，怎樣阻止，也壓不下群眾的怒潮。

不知道是哪一個年輕人，竟一把將尤疏夫拖開了。大家冒雨回家，約定在芭場集合。

整個馬來甘榜頓時騷動起來了，拉絲蜜還沒有睡，聽到了嘈雜的人聲，連忙走出來詢問，才知道鄭九已將妮莎殺死，鄉鄰們準備合力去尋仇。

拉絲蜜聞言，立即撐了雨傘，飛也似的向芭路奔去。年老的母親着了慌，聲嘶力竭地喚叫拉絲蜜。

但是拉絲蜜彷彿理智盡失，拚命奔跑，像一匹脫韁的馬。

奔過木橋時，雨傘被狂風吹壞。索性丟去雨傘，一瘸一顛的奔到鄭九家。

鄭九不在。

問矮鬼，說鄭九傍晚時分到產鱷區去的，到現在還沒有回來。

拉絲蜜聽說鄭九仍在產鱷區，一咬牙，撥轉身，又衝入雨簾去了。

雨很大，像皮鞭一般擊打在她的身上。

回上木橋，依稀可以看到芭路上有些燈火在搖晃。心忖：莫非鄉鄰們找鄭九尋仇來了。於是加快腳步，向大芭急急奔去。

在泥濘的芭路上奔走，是一件非常吃力的事；但是轉入大芭後，天雨，地泥，雜草高可及頸，行路更加困難了。

好在拉絲蜜有的是勇氣，任何困難都不能阻止她。

她的腦海裏只有一個念頭：如何找到鄭九？

四周很黑，拉絲蜜在草叢裏行走，每走一步，就會發出息息索索的聲音來，這聲音驚動了一些在草叢裏躲雨的鳥類，時時振翅飛過。

拉絲蜜平時的膽量並不大，如果有人吹脹了紙袋，趁其不備，在她背後用力一拍，她就會驚跳起來。

但是現在，處身在這危險的大芭裏，她似乎甚麼都不怕了。

天邊響起一串驚心動魄的迅雷，也能使拉絲蜜稍感畏怯。有閃電劃破長空，讓她看清了周圍的景物。

她終於克服了眼前的困難，抵達河邊。在偶發的閃光下，她發現水面有兩三條鱷魚聽到雷聲而探出頭來。

她爬上大樹幹，不敢走近河邊。

坐在樹幹上，定定神，舉目四矚，但見黑濛濛一片。她開始用手圈在嘴邊，大聲吶喊：

「鄭九！鄭九！」

然而沒有回音。

她開始焦急起來，心內紊亂，許許多多可怕的猜疑，頓時兜上心頭。她怕鄭九在捉鱷時遭遇不測。她怕鄭九已經回去了。她怕鄭九在途中給憤怒的群眾截住。

憑藉閃電，她發覺有幾條鱷魚爬上岸來了。

然而不見鄭九。

這產鱷區是個蠻荒地帶，充滿了原始氣息。兩岸雜生着白樺、榆樹、棕櫚……黑壓壓的，瘴氣瀰漫，都是人類不能到達的地方。

所以尋找鄭九毋需到處亂跑，因為他決不會走入無人地區的。

拉絲蜜心中慌亂，又極感詫異，木然坐在樹幹上，不知道該到甚麼地方去尋找鄭九了。

拉絲蜜靈機一動，忽然想起了枯廟。她想：也許因為雨大他走到枯廟躲雨去了。

於是跳下樹幹，避過鱷魚，匆匆竄向草叢。雨似傾盆，轟雷掣電。拉絲蜜早已將生死置之度外，不顧一切地拚命奔跑。

奔進枯廟，裏面一片漆黑。

她站停了，透口氣，輕輕叫了一聲：「鄭九！」

隔了一會，裏面傳出一個字：「誰？」

拉絲蜜聽到應聲，高興得幾乎跳起來。

「鄭九，」她說，「原來你在這裏。」

「拉絲蜜？」

「是的，快走出來。」

「不行。」

「為甚麼？」

「因為我的大腿給一隻山狼咬傷了。」

拉絲蜜立即走進廟堂，在角隅處找到鄭九。沒有火柴，也沒有燈燭。只有外邊偶爾打閃時，彼此才可以看清面目。

縱然如此，拉絲蜜還是將衣服的一角撕了下來，開始替鄭九包紮傷口。

鄭九問：「這樣晚了，你到這裏來作甚麼？」

「找你。」

「深更半夜為甚麼要找我？」

拉絲蜜替他紮好傷口，頓了一頓，說：「鄭九，我問你，傍晚時分你在哪裏？」

「我在捉鱷。」

「一直沒有離開過大芭？」

「沒有。」

「你怎麼會到這裏來的？」

「我在捉鱷時，忽然天下大雨，只好放棄初衷，趕回家去。行經草叢，冷不防給山狼噬了一口，痛不可忍，沒有辦法，只好走到這裏來躲雨休息。」

拉絲蜜恍然大悟地「哦」了一聲，然後細聲悄語的：「如此說來你是冤枉的。」

「甚麼事情？誰冤枉我？」

「鄭九，你先別生氣，讓我慢慢告訴你：妮莎被人殺死了。」

鄭九愣了一愣，問：「妮莎被人殺死，與我有甚麼相干？」

「但是妮莎胸脯插着你的獵刀！」

「我的獵刀？」

「據他們說獵刀上還刻着你名字。」

「這是怎麼一回事？」

鄭九從回憶中發掘出一個答案來：「前些日子，我遺失了一把獵刀。想不到竟會給別人撿去殺害妮莎！」

「你的獵刀甚麼時候遺失的？」拉絲蜜問。

「有一次，」鄭九說，「我喝醉了酒，在木橋上遇見妮莎，以為是你，一把將她抱住，給幾個馬來青年看見了，走上前來，七手八腳的將我打得頭昏腦脹。」

「後來呢？」

「不知道誰將我抬回家中，醒來時，已經是第二天早晨了，矮鬼提起那把獵刀，我才知道遺失了。」

「直到現在還沒有找到？」

「沒有。」

「也不知道誰拿去了？」

「不知道。」

「你今晚喝過酒沒有？」

「絕對沒有。」

拉絲蜜沉吟半晌，先叫一聲「鄭九」，得到應聲後，用一種緊張的口氣說：「甘榜裏的馬來人都以為你殺死了妮莎！」

「但是我並沒有殺死她！」

「獵刀上面刻着你的名字。」

「也不能證明是我殺的。」

「你過去曾經當眾調戲過妮莎。」

「這是一個誤會，後來妮莎自己也明白。」

「現在事情已經太遲了，你再也不能獲得分辯的機會。」

鄭九大為焦急，在黑暗中，緊緊握住拉絲蜜的手，問：「你……你這是甚麼意思？」

「甘榜裏的群眾正在找你。」

「到甚麼地方去找我？」

「到你家裏。」

「然而我不在家。」

「你終不能永遠躲在這座枯廟裏？」

鄭九這才知道拉絲蜜冒着大風大雨，趕到大芭，為的是給自己通風報信來了。事情雖然十分危急，也不能不對拉絲蜜有所感激。過去，他認為拉絲蜜早已絕情，此刻終於明白彼此之間並無嫌怨。

他緊抱拉絲蜜，吻了她。

就在這時候，遠處傳來一片嘈雜的人聲和犬吠。拉絲蜜將鄭九一推，驚惶失措地問：

「莫非他們追到這裏來了？」

拉絲蜜急急忙忙的走到廟門口，瞇細眼睛一看，遠處已有點點燈火。

雨仍大，群犬在驟雨中狂吠。

拉絲蜜着慌了，走到鄭九面前，要他快逃，但是鄭九認為並無逃走的必要，理由是：他根本沒有殺過人。

拉絲蜜急得像熱鍋上的螞蟻，跺跺腳，說：「群眾是不講理的，你若堅持不走，就會白白給他們打死！」

鄭九態度安詳，一點都不慌。他說：「只要我是清白的，他們決不會隨便打我。」

「問題是，」拉絲蜜說，「他們肯不肯給你一個分辯的機會？」

「我想他們還不至於這樣莽撞。」

外邊的人聲更嘈雜了，有一隻狼狗在距離相當近的地方狂吠。

拉絲蜜連眼淚都急出來了，抖着聲音對鄭九下了最後的警告：

「快走！不然就來不及了！」

鄭九搖搖頭：「走？走到甚麼地方去？再說，我的大腿已經受了傷！」

「逃到河邊去！那裏有鱷魚，也許可以阻止群眾前進。大芭裏樹木參天，不難找個藏身之處。」

但是鄭九還不肯走。

外邊的人聲越來越近了，拉絲蜜焦急異常，靈機一動想出一個不是辦法的辦法。

她說：「你若不肯走，我就一個人到河邊去！」

「不行！」鄭九高聲嚷起來，「河邊鱷魚多，一個人去不得！」

拉絲蜜連頭都不回，飛也似的衝入雨簾去了。

鄭九這才勉強從地上爬起，負着傷拚命在後面追趕。

兩個人一前一後，在狂風暴雨中奔跑。拉絲蜜是個女人，總及不上男人跑得快；但是鄭九腿部受了傷，怎樣追，也追不上。

群眾在草叢間分成幾個小隊，採取了包抄的形勢。他們未必知道鄭九在這裏，只因這是進入大芭的必經地，所以帶着刀棍和狼犬，逐漸向前推進。群眾們明知大芭是危險地帶，但是剛才從矮鬼嘴裏逼出來的消息，說是鄭九在產鱷區捉鱷，因此浩浩蕩蕩的開到這裏，寧死也不肯放走鄭九。

拉絲蜜瘋狂地在草叢間奔跑，跌倒了，又爬起；爬起了，又跌倒。

鄭九腿部的傷口又開始流血，痛得很，跑幾步，必須停一停。

兩人之間的距離越拉越遠，幸而還沒有給叢林背後的群眾發現。

有幾隻狼犬似乎已經嗅到鄭九的蹤跡，汪汪汪的在樹林裏一陣子狂吠。

鄭九在極度痛苦的情形下窮追拉絲蜜，聲嘶力竭的喚叫着，要她留步：

「拉絲蜜！請你等一等，你絕對不能一個人走到河邊去，鱷魚多，隨時會有生命的危險！」

但是拉絲蜜完全不理他，一股勁兒往前奔跑，旨在引導鄭九進入危險地區。因為這時候，只有最危險的地區才最安全。

鄭九目送拉絲蜜不顧一切地向河邊奔去時，急得滿頭大汗，以為她發瘋了。

「拉絲蜜！」鄭九大聲吶喊，「那地方去不得，從來沒有人到過，快停步，否則會給鱷魚吃掉的！」

拉絲蜜終於停了一停，回過頭來，往遠處一瞧，發現叢林間時有燈火出現，知道群眾仍未罷手，咬咬牙，大踏步向河邊走去。

這一帶河邊與平時鄭九捉鱷的地方不同，野木參天，雜草叢生，黑壓壓的，沒有山徑，也沒有平地，陰沉潮濕，一如鬼域。

鄭九比較熟悉這裏的情形，眼看拉絲蜜闖入險境，立刻忍住痛，疾步奔來。剛爬過一棵巨大的白樺時，就看到拉絲蜜已經抵達河邊。

因為前面無路可走了，拉絲蜜只好站在那裏，掉轉身，等候鄭九來到。

鄭九高聲嚷：「拉絲蜜！快回來，你不能站在最危險的地方！」

拉絲蜜用手圈在嘴邊，也吊高了嗓子嚷：「鄭九！快來，這是最安全的地方！」

鄭九沒法，噓口氣，一邊扶着腿上的傷口，一邊朝着拉絲蜜站的地方走去。

就在這時候，一條大鱷魚從河水中走上岸來，慢慢的向拉絲蜜走去。

拉絲蜜並不知道身後有鱷魚，還在大聲喚叫鄭九。

鄭九見狀，立即從腰際拔出獵刀。情勢已危急，他必須立刻與那條鱷魚展開搏鬥。如果他手上有鐵絲網，他可以用鐵絲網罩住牠的長嘴；如果他手上有獵叉，他可以用獵叉阻止鱷魚行近；然而他手裏甚麼都沒有，只有一把獵刀。

那鱷魚已經走到拉絲蜜身後，抬起那個長三角形的頭顱，張開嘴巴，露出一副凶相。

鄭九狂喊一聲，唬得拉絲蜜汗毛直豎。拉絲蜜來不及跳開，幸虧鄭九已經飛身猛撲鱷魚，用臂膊使勁抱住牠的長嘴。

鱷魚張不開嘴巴，怒極，眼睛通紅，彎着身子，用尾巴亂掃。

拉絲蜜站在一旁，看到這種情形，想走近去幫助鄭九，差點給鱷魚掃到。

雨很大。鄭九與鱷魚在雨水中扭作一團。

鱷魚拚力掙扎，鄭九緊緊抱住牠，怎樣也不肯鬆手。相持了一會，鱷魚開始打滾。地滑多泥，鄭九無法保持平衡，只好跟着打滾，滾過來，滾過去，最後竟「撲通」一聲連人帶魚一起滾入河水。

拉絲蜜急得雙腳亂跺，站在岸上，凝視河水。

鄭九與鱷魚在水中搏鬥，河面頓時浪花四濺。拉絲蜜恨不得即刻跳下河去，但是她知道跳下去對鄭九是一點幫助也沒有的。鄭九腿部早已受傷，而河中又不止一條鱷魚，所以生還的希望很微。

稍過些時，河面有血液冒上來了……

白色的浪花驀然變成鮮紅，拉絲蜜終於流了眼淚。她的感受痲痺了，知覺盡失。

但是鄭九已經爬上岸來了，身上血跡斑斑，呼吸迫促，筋疲力盡。

拉絲蜜連忙將他拉入林中，避免別的鱷魚上來襲擊。

她俯身去察看鄭九傷處，發現流血的地方很多，好在都是表皮之傷，並無大礙。

拉絲蜜定了定神，聽到對岸有犬吠聲傳來，舉目觀望，才知道一部分鄉鄰已經抵達對岸。

有人在對河喚叫：

「拉絲蜜！你怎麼可以跟兇手在一起？」

拉絲蜜一氣，直着嗓子大嚷：「你們弄錯了！他不是兇手！他是好人，剛才還救了我的性命！」

但是對岸的人說：「如果他不是兇手，為甚麼要躲藏在大芭裏？」

拉絲蜜歇斯底里地叫起來：「他不是兇手！整整一個晚上，他在這裏捉鱷！他並沒有殺死妮莎！」

但是憤怒的群眾並不相信拉絲蜜的話語，依舊認定鄭九是兇手。

「離開他！」對岸的群眾大聲對拉絲蜜吶喊，「不然，連你也不放過！」

拉絲蜜不理會他們，索性將鄭九拖進大芭，找到一處可以藏身的所在，讓鄭九躺下來休息。

鄭九已經筋疲力盡了，臉白似紙，頰肉在抽搐地一動一動。拉絲蜜替他解開衣服，問他：「痛不痛？」他搖搖頭說不痛，其實他的知覺已經進入痲木狀態。

對岸的追捕者越聚越多，人與狗的嘈雜聲使這蠻荒地區的原始氣息頓時消失。大家都知道鄭九藏在大芭，只因隔了一條河，誰也沒有辦法抓到他。

但是這一股馬來人僅是全體捕捉者的一部分，當時他們從矮鬼嘴裏知道鄭九的下落後，立刻分成兩批：一批由河東進入大芭，一批由河西兜捕。由河東前進的一批，在枯廟附近再分成數小隊，此刻正在叢林裏搜索。拉絲蜜以為所有的追捕者都在對岸了，這判斷顯屬錯誤。鄭九雖已戰勝鱷魚，可是仍未完全脫離危險。

拉絲蜜以為暫時不回甘榜就不會有甚麼問題了，將鄭九抱在自己懷中撫慰着他：

「不要耽心，他們絕對無法追到這裏來的。我們只要能夠熬過幾天，待至妮莎的案子水落石出後，便甚麼問題都沒有了。」

鄭九睜開眼皮，對拉絲蜜一瞅。拉絲蜜俯下頭，用自己的臉頰貼着他的。

「鄭九，」她繼續說下去，「一切都是我不好，我不應該答應三遜的。」

鄭九牽牽嘴角，悽楚地一笑，想說話，沒有氣力。

他們坐在一棵傾斜的大樹上，相當安全，不怕鱷魚襲擊，只是上面樹葉稀疏，遮不了雨水。

「你會着涼的。」鄭九有氣無力地說。

拉絲蜜笑笑：「雨快停了。」

鄭九深深嘆口氣，說：「如果沒有你，我也許在枯廟裏已經給他們打死了！」

拉絲蜜說：「如果沒有你，我早給鱷魚吃掉了！」

拉絲蜜俯下頭去，用熱吻表示自己的心意。一對有情人，處在這危急的生死關頭，只有愛情的力量，使他們不畏一切。

風響颼颼，雨條澌澌。

對岸依舊有人在狂喊拉絲蜜，這聲音響徹大芭。

接着，這邊叢林裏忽然傳來了疏落的犬吠聲。

「這是怎麼一回事？」鄭九問。

「也許，」拉絲蜜說，「他們過河來了。」

「不會，除了甘榜裏的那座木橋，誰也沒法過河。」

拉絲蜜焦急異常，心裏怔忡不已。那犬吠聲漸漸近了，但聞對岸有人齊聲狂呼：

「在這裏！在這裏！」

拉絲蜜這才放下鄭九，爬上樹梢，站起來，往遠處眺望。

叢林裏偶而有點點燈火出現，不覺暗吃一驚。

連忙爬下來，木然睖着鄭九，心像上了鎖，很納悶。鄭九問她：

「怎麼樣？」

「後邊有人追來了！」

「哦。」鄭九的態度似乎還鎮定。

拉絲蜜急得像沒有頭的蒼蠅，抖着聲音要鄭九逃入黑森林。

但是鄭九說：「森林裏全是毒蛇猛獸，進去了，決無生還的可能。先幾年，日本兵南侵時，甘榜裏有不少青年走避黑森林，結果沒有一個回出來。」

「那……那怎麼辦呢？」

鄭九說：「讓他們來好了，反正我沒有殺死妮莎！」

「不行！」拉絲蜜說，「他們如果有理智的話，也不會冒險到這裏來捕捉你了！」

「我遍體鱗傷，四肢痠軟，怎麼可以進入黑森林呢？」

拉絲蜜緊緊抱住鄭九，邊哭邊說：「也好，我們就死在一起吧！」

犬吠聲像鐵釘一般，一枚又一枚地扔在拉絲蜜心坎裏，又刺又痛。

鄭九睜大了眼睛，靜候命運安排。

稍過些時，對岸的追捕者齊聲嚷了起來：

「他們在這裏，小心點，鄭九手裏可能有凶器！」

拉絲蜜抬頭觀望，發現不遠處亮着燈火，心一沉，甚麼希望都沒有了。

一切都完了，拉絲蜜想。

但是能夠同鄭九死在一起，她也心滿意足了。

犬吠聲越來越近。稍過些時，十幾個馬來青年牽着三隻狼狗，從樹林中蜂擁而至。

拉絲蜜緊緊抱着鄭九，睜大受驚的眼，望着他們。

他們站在距離不足十呎的地方，圍了個半圓形，睖着鄭九和拉絲蜜，誰也不言語。

其中大部分都是拉絲蜜相識的。

所以在他們採取行動之前，拉絲蜜企圖用情理來說服他們了。她說：「鄭九沒有殺過人！」

有一個馬來青年氣勢洶洶的反問她：「既然沒有殺過人，為甚麼躲藏在這裏？」

「他到這裏來，為的是捉鱷。」
「一個人？這麼大的雨？」
「是的。」拉絲蜜大聲高嚷，「他常常一個人到這裏來捉鱷的！」
「但是現在已是深夜過後了？」
「他本來早已返回甘榜，只因腿部給山狼噬傷了，又逢到雷雨，沒有辦法，只好到枯廟裏去休息。」
「枯廟？哪裏有枯廟？」
拉絲蜜伸手一指：「在那邊。」
「然而你又怎麼會跟他在一起的？」
不待拉絲蜜回答，群眾就嘩啦嘩啦吵了起來，硬指拉絲蜜撒謊，一定要打死鄭九。
其時，另一小隊群眾也趕到了，對岸的群眾齊聲喊打。
氣勢一壯，二十幾個馬來青年立刻一擁而上，或持刀，或舉棍，正欲猛擊鄭九時，拉絲蜜霍然站起，挺身而出，歇斯底里地狂喊：

「你們先將我殺死了吧！」

群眾發現拉絲蜜態度如此堅決，不覺有點遲疑了。後邊的人感情極其衝動，恨不得立刻將鄭九揍死；但是前面的人顯然因為拉絲蜜的關係，趑趄不前。

拉絲蜜說：「他是冤枉的！你們不能打死好人！」

「可是殺死妮莎的刀，刻着他的名字？」有人這樣問。

「刀是他的，然而他沒有殺人！」

「既然刀是他的，他就應該負責！」

群眾七手八腳的將鄭九拖下樹幹，你一腳，我一拳，鄭九完全失卻了抵抗力。

拉絲蜜連忙用自己的身體壓住鄭九，寧願自己挨打，怎樣也不肯讓鄭九受傷。

群眾拚命拖開拉絲蜜。

拉絲蜜說：「你們認為鄭九有罪的話，可以將他送交馬打樓，切不可隨便傷害他！」

這時候，後面樹林裏忽然傳來了幾聲嘹亮的槍響。

大家立刻怔住了，你看我，我看你，誰也不知道這究竟是怎麼一回事。

自從馬來亞實施緊急法令後，除非向政府領取特准執照，民間是不能保有槍械的。這突如其來的槍響，顯然已使群眾在憤怒中驚醒，再也不敢輕舉妄動了。

二十幾個人呆呆地站立着，把拉絲蜜和鄭九包圍在中間，暫時停止動手，靜候進一步發展。

很靜，連狗都不叫了。樹林裏仍有間歇性的槍響傳來，空氣緊張。

有人爬上樹梢去觀望，說是已經看到燈火。

遲了一會，樹林裏傳來了擴大機的聲音：「拉絲蜜！鄭九！你們在哪裏？」

聽到了這清晰的喚叫後，大家認定是警務人員，立即用手圈在嘴邊，齊聲回答：

「在這裏！在這裏！」

喊了一陣，樹林裏的槍聲果然遽爾停止。稍過些時，六個馬打在幫辦率領下，帶着尤疏夫他們走來了。

幫辦大聲吆喝，吩咐大家立即散開。拉絲蜜的母親一見伏在鄭九身上的女兒，忙不迭地奔過去抱住她。

鄭九氣喘吁吁，躺在泥濘的地上，四肢麻木，動也不能動。

幫辦俯下身去察看，發覺鄭九受傷頗重，當即命令馬打將他抬出林去。

群眾莫名究竟，無不瞪大了眼睛睖着尤疏夫。

尤疏夫經不住雨水的淋浸，一連打了幾個寒噤後，直着嗓子，向大家解釋：「你們離開甘榜來到大芭後，妮莎的父親醉意已消，跌跌撞撞地走來找我，手裏拿着妮莎生前親筆寫的遺書，說是在內房找到的。我打開遺書一看，才知道妮莎不是被人謀殺的！」

「不是謀殺？」群眾異口同聲地問。

尤疏夫頓了一頓，說：「妮莎是自殺而死的！」

這時，鄭九已被馬打抬走，拉絲蜜也跟着離去，但是群眾似乎還不甘願。聽到尤疏夫的解釋後，依舊不能滿意。他們問：

「妮莎為甚麼要自殺？」

尤疏夫答：「關於這一點，妮莎在信內並未提及。」

「但是，」有人氣勢洶洶的責問尤疏夫，「為甚麼妮莎要用鄭九的刀自殺？」

「現在警方已經開始在調查這件事了。」

群眾個個怒容滿面，看來一時仍不能接受尤疏夫的解釋。

那幫辦見此情形，咂咂嘴，兩眼一瞪，用嚴厲的口氣警告大家：

「鄭九有罪與否，應由法律來決定或懲罰。即使妮莎是他殺死的，你們也只能將他送交警方，決不可用私刑來傷害他。妮莎在遺書中已經寫明是自殺的，你們沒有將事情弄明白，就糊裏糊塗的跑到大芭來捕捉鄭九，實在是一種非常危險的行動。現在，我要你們立刻各自回家，不准再生事。」

幫辦說完，手提風雨燈，掉轉身，走了。小河兩岸的群眾，像想看戲而買不到戲票的人一般，沒有辦法，只好廢然回家。

十二

鄭九在醫院裏躺了十天，病體完全復原。在這十天中間，拉絲蜜曾經來看過他幾次。兩人的戀情已經變成公開的秘密了。三遜很不高與，但也無權干涉拉絲蜜的行動。

警方對這樁案子所採取的態度是非常公正的，他們認為：妮莎既係自殺而死，鄭九自當無罪開釋。

但是甘榜中人卻另有看法：

第一，鄭九的獵刀怎麼會到妮莎手裏的？

第二，妮莎為甚麼要自殺？

在這兩個問題沒有獲得合理的解答之前，大家對鄭九的憎恨，暫時還不能平息。

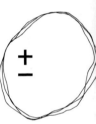

尤其是三遜，當他知道拉絲蜜常去醫院探望鄭九時，不覺妒火狂燃，盡可能在鄉鄰中間設法激起公憤。

他曾經嚴詞責問拉絲蜜：「你是一個訂了婚的女人，行為應該檢點一些。」

拉絲蜜冷冷一笑，反問他：「我做錯了甚麼事？」

「別人都說你很喜歡鄭九？」

「這是事實。」拉絲蜜的回答很乾脆。

三遜聽了很生氣，想盡方法要陷害鄭九。然而三遜並不是一個有勇氣的男人，他不敢站起來與鄭九正面衝突，只會鬼鬼祟祟地散佈一些流言。

鄭九出院後，心情很愉快。大芭裏的那次經驗雖然可怕，但是能夠因此而獲得拉絲蜜的心，他還是喜悅的。

拉絲蜜常常來看他，不止一次地勸阻他過河去。

「為甚麼？」鄭九問。

「因為，甘榜裏的空氣仍未緩和。」

鄭九頗感惶惑：「事情不是已經過去了？」

「事情還沒有過去。」

「難道他們不相信妮莎是自殺的？」

「他們認為妮莎的遽萌短見必須有個理由。」

「妮莎要自殺，是妮莎的事，與我有甚麼相干？」

拉絲蜜咬咬嘴唇，眼珠子骨溜溜的一轉，嘆口氣，說：「三遜在暗中散佈流言，說你姦污了妮莎，妮莎痛不欲生，終於用你的獵刀刺入自己胸脯。」

鄭九聞言，勃然大怒：「這是甚麼話？」

「我知道你是不會這樣做的，」拉絲蜜說，「但是在沒有獲得確切的答案之前，甘榜裏的鄉鄰們唯有相信流言。」

鄭九冷靜地想了一想，覺得事情的發展固然對自己不利，然而流言終歸是流言，絕對經不起時間的考驗。

這樣想時，他就不再像適才那麼耽憂了。

他說：「有你在我身旁，我甚麼都不怕。」

拉絲蜜似有無限心事，低下頭，微蹙眉尖：「不知道我們能夠永遠廝守在一起嗎？」

「只要你肯下決心，我們就不會分離了。」

拉絲蜜搖搖頭說：「事情並不如你想像的那麼簡單。」

鄭九索性單刀直入地問她：「你不能同他解除婚約？抑或你不願？」

拉絲蜜沉吟一下，說：「這件事以後再談罷，目前，我必須做的是：消除這惡毒的流言。」

「怎麼樣？」

「我自有辦法。」

拉絲蜜說話時，語氣極有把握。鄭九顯然有點莫名其妙，但願事情能夠早日水落石出，對他，對拉絲蜜，都有好處。他默禱拉絲蜜能夠揭穿這個謎。

三天過後，拉絲蜜匆匆奔來，神情緊張，嬌喘吁吁，一開口，便是：

「好了，事情已有眉目，我終於查明了妮莎的死因。」

鄭九滿腹驚疑，睜大了眼睛，納罕地閃灼着：「告訴我，妮莎為甚麼要自殺？」

拉絲蜜很興奮，神情有點緊張。她說：

「今天早晨，在芭路上遇見奧馬，那個羔丕店頭家告訴我一個消息，說妮莎前些日子在膠園裏割膠時，結識了一個年輕而又漂亮的割膠工亞旺，兩人一見鍾情，常常躲在沒有人的地方談愛情。」

「有這樣的事？」鄭九問。「妮莎既然精神上有了寄託，何必還要自殺？」

「因為妮莎有了身孕。」

「有身孕並不是壞事。」

「這內情相當複雜，你聽我慢慢講來。」拉絲蜜頓了一頓，繼續說下去：「妮莎結識了那個年輕人之後，一心一意想嫁給他。妮莎是個溫和善良的女孩子，動了真情感，就再也分不出對方是好抑壞。」

「亞旺是個壞人？」

「亞旺並不壞，而是妮莎太好。就妮莎這方面來說，只要能夠使亞旺高興，甚麼事情都可以答應。」

「所以妮莎有了身孕？」

「妮莎頭腦簡單，常常把現實生活當作夢境，當她發現現實的殘酷時，已經來不及了。」

「這是甚麼意思？」

拉絲蜜閃了閃長睫毛，把聲音壓得很低很低：「妮莎發覺自己懷孕後，起先還不好意思講出來，過後又覺得非講不可了。因此，將亞旺拉到沒有人的地方，說他快要做父親了。亞旺笑了，笑得很勉強。他似乎並不高興。妮莎問他：『怕甚麼？』他說：『我甚麼都不怕。』妮莎又問他：『我們甚麼時候結婚？』他呆了一陣，不說話。妮莎見他毫無表情，心裏有點急，板着臉，追問一句：『我們甚麼時候結婚？』亞旺依舊不說話，偏過臉去，用接吻代表回答。第二天，亞旺離開了膠園。」

「走了？」

「是的，悄悄地離開了膠園，也離開了妮莎。」

「妮莎怎麼辦？」

「妮莎得到消息，哭得死去活來。她不相信亞旺會這麼無情，但是等了半個多月，依舊音訊全無，也就離開膠園，廢然回家。」

「回到家裏就自殺？」

拉絲蜜搖搖頭，用略帶一點調侃的口氣對鄭九說：「如果她一回家就自殺的話，你哪裏會有機會在木橋上調戲她？」

鄭九問：「那末，究竟甚麼事情使妮莎遽爾輕生？」

拉絲蜜說：「那天早晨，妮莎到醫院去檢查身體，在醫院門口撞到亞旺，一把將他拖住，怎樣也不肯放手。妮莎哭哭啼啼的，引來了不少看熱鬧的觀眾。亞旺被圍在中間狼狽得手足無措。」

「後來怎樣解圍？」

「正當妮莎死纏着亞旺的時候，人群中忽然走出一個少婦來，一手牽一個孩子，氣勢洶洶地走到妮莎面前，大聲咆哮起來。」

「她說些甚麼？」

「她說：亞旺是她的丈夫，而且已經有了兩個孩子。」

「原來亞旺是個有婦之夫。」

拉絲蜜感喟地嘆口氣，說下去：「按照回教徒的規矩，一個男人可以娶四個女人。妮莎願意嫁給亞旺，但是亞旺坦白地表示根本無意娶她為妻。妮莎受此打擊，萬念俱灰了。回到家裏，心緒十分紛紜。到了晚上，父親在芭場做工，她就執筆寫一封簡單的信，咬咬牙，用你的獵刀刺入自己的胸脯！待至父親給『葛巴拉』罵了幾句，先到羔丕店去喝酒，喝醉了，由好心腸的奧馬送回來時，才發現妮莎已經死去。奧馬大聲驚叫起來，附近居民紛紛趕到，見狀，立刻在芭場上糾集，過河去到你家，強逼矮鬼說出你的下落，分成數小隊，進入大芭兜捕……以後的事情，不用我講，你自己也知道。」

鄭九全神貫注地聽她講述往事，眉頭皺得很緊。拉絲蜜雖然已將謎底揭曉，但是事情並未因此完全解決。鄭九問：

「我的獵刀怎麼會到妮莎手裏？」

「不知道。」

「妮莎為甚麼要用我的獵刀自殺？」

「也不知道。」

「如果這兩個問題一天得不到答案，群眾對我的憎恨就一天不會消除。」

「不要急，事情總會水落石出的。」

鄭九沉吟一下，雙手托着下巴，低頭尋思。他對於拉絲蜜剛才所說的種種，仍不能沒有一點懷疑。

他問：「誰將妮莎生前的那一段事告訴你？」

「奧馬，那個好心腸的羔丕店頭家。」

「他怎麼會知道得這麼詳細？」

「羔丕店人雜嘴多，每天總不會沒有新鮮的談話資料。」
「奧馬所說的是否可靠？」
「至少甘榜裏的年輕人，多數已經相信了。」

十二

日子過得很快，一轉眼，十月了。十月是秋季，但是在這長年是夏的馬來亞，氣候完全沒有轉變，依舊熱，依舊一走路就出汗。

縱然如此，時間也決不會停留下來。

時間是治療創傷的特效藥，日子一久，大家對於妮莎的事也就不像以前那麼注意了。

全甘榜只有三遜一個人，仍不能忘記這件事。他不時散佈新的流言，只是人們對此早已不發生興趣。

拉絲蜜常常過河去會見鄭九。

三遜不是不知道，曾經一再地向拉絲蜜的母親提出抗議。但是拉絲蜜有一種難馴的野性，當她想做甚麼的時候，誰也不能加以阻止。

三遜並非超人，眼看自己的未婚妻三不兩時過河去投入鄭九的懷抱，當然是不甘願的。他將這件事告訴尤疏夫，希望尤疏夫能夠以長者的資格去勸阻拉絲蜜。

尤疏夫答應了，親自走到拉絲蜜家，用一半責備一半勸慰的口氣對拉絲蜜說：

「不要同鄭九廝混在一起，你是一個訂了婚的女人，這樣做，一定會給人瞧不起。」

拉絲蜜抿嘴不語，低着頭，眼睛落在地板上。

尤疏夫又說：「你既已下決心嫁與三遜，就應該給三遜留點面子。」

拉絲蜜繼續不作聲，臉上毫無表情，呆呆的，活像一尊泥菩薩。

尤疏夫則越說越多：「拉絲蜜，你應該知道三遜是很喜歡你的。」

「但是我並不喜歡三遜！」拉絲蜜實在忍不住了，很沒有禮貌地說了這句話。

母親唯恐女兒觸犯尤疏夫，立刻厲聲疾氣地怒斥拉絲蜜：「你……你瘋了！」

拉絲蜜索性大聲咆哮起來：「我要解除婚約！」

尤疏夫聞言，臉色唰的發紫，狠狠的對拉絲蜜一盯，那眼睛裏彷彿有撮怒火在燃燒，一直盯到拉絲蜜心坎裏。

母親知道尤疏夫生氣了，一邊將女兒推入內室，一邊堆上阿諛的笑臉，屈背哈腰的，說了不少好話。

內室裏傳出嘹亮的哭聲。

尤疏夫怒極，一拂袖，走了。

第二天，尤疏夫派了一個人來談判。

拉絲蜜的母親以為尤疏夫要解除婚約，結果卻建議提早舉行婚禮。

「這是尤疏夫本人的意思，」來人說，「希望能夠早日成親，也好了卻一樁心事。」

拉絲蜜的母親說：「但不知拉絲蜜願意不願意？」

「你是長輩，你有權決定。」

「時代不同了，」拉絲蜜的母親嘆口氣，「女兒的事做母親的也不能作主了。」

來人眉頭一皺，說：「如果你不能作主的話，你也應該勸勸她，叫她不要整天同那個中國人廝混在一起，再這樣下去，尤疏夫可能會被逼採取必要措置的，到那時，大家臉上都不好看。」

拉絲蜜的母親含淚欲滴了，心頭煩躁，嘴唇在哆嗦。隔了很久很久，才抖着聲音說：「其實，我也是不贊成拉絲蜜常常過河去的，但是又有甚麼辦法呢？拉絲蜜已經不是一個小孩子了，我能將她囚禁在家裏？」

來人碰了個釘子，頗為怏怏不樂：「這樣說來，你並不贊成提早舉行婚禮？」

「我必須問問拉絲蜜。」

來人得不到要領，臉一沉，走了。

尤疏夫聽說談判毫無結果，心中大為不悅。他把三遜叫到面前，非常坦白地對他說：「拉絲蜜不是你的理想對象，聽我的話，同她解除婚約！」但是沒有志氣的三遜，明知拉絲蜜並不愛自己，卻怎樣也下不了決心。當尤疏夫催他作一明智的抉擇時，他竟嚅嚅滯滯的說了這麼一句：「她會回心轉意的。」

這樣，尤疏夫也無法「採取必要的措置」了。

拉絲蜜依舊與鄭九打得火熱，三遜唯有設法從中破壞。三遜開始散佈流言，走進羔丕店，說：「妮莎生前曾遭鄭九蹂躪，否則，怎麼會用鄭九的獵刀自殺的？」大家聽了，覺得三遜的話也不無道理，只因事過境遷，雖然憤恚，但是已經不若前些日子那麼積極了。

三遜無計可施，終日以酒澆愁；有時候，竟糾合三五狎友到小埠頭去尋歡作樂。

另一方面，拉絲蜜與鄭九早夕相處，情感與日俱增。拉絲蜜發現三遜常去小埠頭遊玩，乘機要母親向尤疏夫提出解除婚約的要求。

母親左右為難，常在黝暗處飲泣。

就在這個時候，甘榜裏忽然流傳着一個驚人的消息，說是象群將要來到了！

十三

「象群將要來到了！」

全甘榜的居民，不論男女老幼，聽到這消息，無不驚惶失措了。

拉絲蜜的母親年紀大，着不起慌，拍手跺腳的抓不定一點主意。

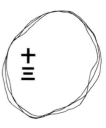

倒是拉絲蜜比較鎮定，她說：「不要急，象公未必會來的。即使來了，只要我們沒有說過象公的壞話，象公就不會加害我們的。」

伊士邁究竟是個小孩子，不知道象的厲害，聽了姐姐的話，頗感詫異，抬起頭，問：

「為甚麼不說象的壞話，牠們就不會加害我們？」

「因為，」拉絲蜜說，象公雖然記性不好，但是聽覺是很靈的，當牠們躺下來的時候，耳朵貼在地上，就可以聽到幾百里以外的話語，如果有人罵牠們，牠們便會排除一切困難來報復的。」

伊士邁呆呆的望着姐姐，嘴上不說，心裏可有不少疑竇。其實，拉絲蜜所說的當然不足為信；不過，山芭中人從來不敢說象的壞話，卻是千真萬確的。

根據老年人的說法：若要避免象的蹂躪，必須對象說些恭維話；否則，只要有一個人犯了禁忌，象就會憤怒地衝來，將所有的亞答屋全部踏平。

但是單靠「恭維」，絕對無法確保平安的；甘榜裏，不懂事的小孩子太多，難免得罪「象公」。因此，趕象的準備仍須迅速完成。

甘榜裏的人頭腦保守，一切都聽老年人的指揮。老年人多數有趕象的經驗，認為中國人製造的炮竹和鑼鼓，可使象群轉向。

此外，發動全村居民，搜集所有的鉛罐，塞以「臭土」，密密封住，留一引線在罐外，以便象群來時燃放。

在象群沒有來到之前，這些裝着「臭土」的鉛罐，一排一排的放在芭地上，像彈藥一般，四周圍着繩欄，不准小孩子走近。

一到晚上，家家戶戶必須點亮燈火，越亮越好，甚至連手電筒都要扭開。每家門口，必須用樹枝和木料堆積起來，燃上火，徹夜不息。

整個甘榜陷入了極度緊張的狀態中。

為了採取聯合行動，小河兩岸的華巫居民終於團結一致了。所有的年輕人，不分種族，編成數十小隊，駐在大芭與甘榜的交界處，輪流守夜。

守夜的人必須提高警覺，只要聽到甚麼可疑的聲響，就得推醒熟睡者，將消息傳與其他小隊。

甘榜裏只賸下一些婦孺老弱。婦人和老翁平時睡得很早，但是這一晚卻怎樣也睡不着。

孩子們比誰都興奮，老是睜大了眼睛，悄悄的問：

「為甚麼象公還不來？」

大人的回答往往是：「象公到別處去了。」

然而象群究竟在甚麼地方?誰也不知道。

大芭黑壓壓的,濃蔭密菁,古木參天,但聞鳥啼蟲鳴,沒有象嘯,也沒有沉甸的象步聲。

黑夜向盡,甘榜裏的燈火仍極明亮,然而守夜的人似乎有點「失望」了。凡是貪睡的,多數在地上鋪一張蓆,倒下去,立刻沉沉入睡。

那些比較負責任的年輕人,感到疲倦時,點枝煙,猛吸數口,希望藉此提起精神。

然而香煙並不是最好的提神劑,吸多了,反而會令人眼花頭暈的。於是有些負責任的人,只好利用談話來打發時間了。

談話不能大聲,而話題當然必與象群有關。

有人說:象最健忘,十秒鐘之前的事,十秒鐘之後就忘記得一乾二淨。這樣的說法並無根據,但是大家全相信。

又有人說:象公怕聽吵鬧的聲音,萬一象群來了,只要放鞭炮,點「臭土」,

再加上震天的鑼鼓聲，就可以將牠們趕走。這是經驗之談，但是大家全不表懷疑。

……

不久，遠處有雞啼報曉。繁星盡褪，東天泛起魚肚白的顏色。

象群依舊沒有來。

許多年輕人白白浪費了一整夜，紛紛趕回家去休息。

緊張的空氣終於鬆弛下來，有些性格暴躁的年輕人也就喃喃地埋怨了：

「不知道哪個缺德的，造謠言，說象公要來，結果害得大家心緒不寧，睡不足，吃不飽，整夜在外邊飲露餐風。現在，請問象公究竟在甚麼地方？」

事實上，誰也沒有聽到一聲象嘯。問題是：既然有人預言象群要來，那就不得不事先有所準備。

象群的來與不來，只要有經驗的人，都能根據某種預感加以推測。那些沒有經驗的人，因為無法推測，唯有盲目聽從。

然而經過一夜的戒備後，依舊平靜無事，凡是沒有經驗的人，無不怨言四出。

戒備鬆弛了，只有幾十個堅信象群即將來到的人還在大芭邊緣守望。

鄭九是其中之一。

他是全甘榜數一數二的好獵戶，對於象群來臨的事，在兩天前，已經有了預感。他曾經勸告拉絲蜜帶了母親和伊士邁暫去小埠頭躲避，拉絲蜜不肯。

天亮後，拉絲蜜給鄭九送了一些冷滾水和麵包來。

鄭九告訴她：「象公一定會來的。」

拉絲蜜嬌滴滴的：「同你在一起，我甚麼都不怕。」

「聽我的話，到小埠頭去暫住幾天。」

「你不走，我也不走。」

「我是男人，如果走了，將來會給人一輩子訕笑的。」

「那末，我也不走。」

「現在不是開玩笑的時候，象公一定會來的！」

拉絲蜜不答腔，斟了一杯冷滾水給他，說他肚餓了，快吃麵包。這麵包上搽着美味的加央[1]。

鄭九邊吃邊說：「昨晚上，矮鬼和另外兩個年輕人還在這裏陪我守夜，現在他們都回家睡覺去了。」

「他們一夜不睡，當然會覺得疲倦的。」

「他們根本不相信象公會來。」

「這也是沒有辦法的事。」

鄭九搖頭嘆息說：「象公來到時，如果大家不合力燃放鞭炮和臭土的話，象公就不會轉向。萬一象不轉向，整個甘榜可能被踏成平地。」

拉絲蜜皺皺眉，不免焦急起來了：「怎麼辦呢？」

「所以，」鄭九說，「我要勸你暫時離開這裏。」

1 「加央」是一種果醬，和占姆一樣。

拉絲蜜尋思一陣，抬起頭來，兩眼直直的盯住鄭九的臉，說：

「我願意同你廝守在一起，特別是在危險的時候。」

鄭九見她態度堅決，唯有祈禱大伯公[2]保佑，希望象群轉向到別的地方去。

兩人坐在樹蔭下，背靠樹幹，目無所視的對叢林。

拉絲蜜說：「我決定與三遜解除婚約了。」

鄭九問：「三遜不肯呢？」

拉絲蜜咬着嘴唇，一時答不出適當的話來，隔了很久很久，才稚氣地：

「我希望象公來了，將三遜踏死！」

「拉絲蜜！」鄭九驚叫起來，「千萬別這麼說！」

大家都不說話了，愣磕磕的望着前面的叢林。天氣很熱，長穹無雲，太陽像火傘一般高張，曬得人們連氣都透不轉。鄭九和拉絲蜜雖然坐在濃蔭下，但是沒有風的時候，依舊覺得悶。前面的大芭是獸蹄鳥跡之邦，此刻也靜悄悄的，只有猴頭在樹梢爭食鳥卵。

「也許象群已經轉向了。」拉絲蜜說。

「沒有。」鄭九說。

「你怎麼會知道？」

「我有預感。」

拉絲蜜對於鄭九的回答並不滿意。她說：「如果象群要來，早就應該到了。」

「有時候，甚至會隔三四天纔到的。」

「可是你卻能在三四天之前就知道牠們的行蹤和意向？」

鄭九點點頭。

拉絲蜜對大芭瞅了瞅，仍無象群來到的跡象，心一定，覺得有點累，伸出手來，懶洋洋的打個呵欠。

2 大伯公即福德正神。

「我回去了，」她說，「晚上再來陪你。」

「好的。」

拉絲蜜站起身來，拍去身上的灰塵，抬頭時，不料三遜已經站在面前。

三遜怒容滿面，厲聲疾氣的問拉絲蜜：「你到這裏來做甚麼？」

「你管不着！」

「我是你的未婚夫！」

「未婚夫又怎樣？」

三遜再也沉不住氣了，舉手怒摑拉絲蜜，鄭九見狀，立刻上前攔阻，捉住三遜的手臂，往後彎去。三遜痛極求饒，鄭九要他當面向拉絲蜜道歉。

但是拉絲蜜已經疾步向木橋奔去了。

鄭九憤然鬆手，三遜倒退數步。三遜從腰際拔出巴冷刀，欲與鄭九決一雌雄。鄭九無意同他搏鬥，但是三遜已經撲過來了。鄭九動作敏捷，欠身閃避開去，乘勢抓住他的衣領，往後一拖，三遜栽個筋斗，腰部撞在石塊上，很痛，久久站不起來。

鄭九見三遜受了傷，連忙走去扶他。他不但不表示感激，反而狠巴巴的對鄭九瞅了一眼，兀自一拐一瘸地，像跛子似的走遠去。

就在這時候，遠處隱約傳來了一聲象嘯：

嘩——

很多人都沒有聽到這聲音，但是鄭九已經聽到了。鄭九忙不迭趕上前去，一把拖住三遜：

「象公來了！讓我扶你回家！」

三遜聽說象群來了，嚇得渾身哆嗦。

鄭九攙扶着他，踩着芭路，急急向木橋走去。走了幾步，遠處又傳來一連串象嘯。

這一次，全甘榜的人都聽到了。大家慌慌張張地走出亞答屋，驚惶得手足無措。

有經驗的獵戶們站在芭場的長桌上，用揚聲筒警告大家：

「不要慌張！不要出聲！靜候象公接近甘榜時，大家合力放鞭炮，燒臭土，吹竹筒……盡量搞出聲音來，越大越好，因為象公們聽到吵聲，就會避開這裏，轉赴他處的，現在，請大家按照預先的分配，各就各位，靜候命令，不准談話！」

於是男男女女，老老小小，拿着各式各樣可以敲打的東西，悄悄的走到大芭邊緣排成一條線。

誰也不敢出聲，個個瞪大了眼睛對着褐色的大芭直發愣。

整個甘榜像監獄門前一般沉寂，偶爾有孩子因受驚而哭泣，迅即被他們的父母哄住。

鄭九剛剛扶着三遜過河，拉絲蜜拿着一根竹筒跑來了。

「怎麼啦？」拉絲蜜細聲問。

「他摔了一跤，走路不方便。」鄭九細聲答。

「不必再回去了，我們到那邊椰林裏去放鞭炮，吹竹筒。」

鄭九點點頭。

三人走入椰林，裏邊已經有十來個馬來人在等待燃臭土。

象嘯越來越響了。

大家屏息凝神，傾耳諦聽大芭裏的動靜。

約莫半小時過後，大芭裏忽然起了一陣騷擾，聽覺靈敏的人，已經可以聽到沉重的象步聲。

不知道哪一個膽小鬼燒了一小串鞭炮，雖然立被阻止，卻因此引起了象群的注意。

稍過些時，有人聽到象群擦過草叢和葛藤的沙沙聲。

鄭九立即爬上椰樹梢去觀看，不覺大吃一驚。褐色的大芭到處都是象公，數不清有多少隻，只是浩浩蕩蕩的向這裏奔過去。

大芭亂哄哄的，群鳥驚飛，山狼斑豹之類的四處亂竄。象群像風暴一般，給這原始的蠻荒，驟然掀起一陣駭濤與驚浪，令人有天崩地裂的感覺。

鄭九大聲疾呼：「象公來了！快放鞭炮！」

拉絲蜜首先燃上鞭炮，其他各處也辟辟拍拍的放起來。

於是吹筒的吹筒，打鑼的打鑼，燃臭土的燃臭土，敲破桶的敲破桶……個個如同患了羊癇病一般，拚命敲打。

爆竹聲大作。

竹筒嗚嗚，很尖銳，很刺耳。

有人燃放臭土了。臭土的炸爆聲，響徹四周。

縱然如此，仍不能使象群轉向。

象群的動作是遲鈍的，但是聚在一起，這遲鈍的動作似乎具有毀滅世界的力量，非常可怕。

鄭九眼看象群洪水一般衝來，心裏不免有點怕。

象群用長鼻捲起大樹，將樹連根拔起。

象群用大腳踏平草叢。

象群向甘榜衝來了。

鄭九連忙爬下椰樹，低聲悄語的對拉絲蜜說：

「我們的努力完全失敗了，聲音擋不住象公，災禍即將來臨。」

「快逃吧！」

「逃到甚麼地方去？」

「那邊山上。」

「那邊的山離開此地最少有三十條石！」

「但是總不能站在這裏等死。」

鄭九正在踟躕不決間，椰林外邊驀地人聲鼎沸，走出去一看，原來一部分膽小的鄉民開始自顧自逃命了。

人為的聲音漸漸轉弱，只有一些年富力壯的人仍在作最後努力。

甘榜有人燃燒木堆了，火勢旺熾，冒起大股黑煙。

鄭九回入椰林，對拉絲蜜說：「走吧，不能再留在這裏，稍遲，象群就來了！」

拉絲蜜略顯躊躇，用眼對躺在地上的三遜一瞅，意思是：「三遜怎麼辦？」

鄭九望望三遜，顯然躊躇不決了。他想留下三遜，又覺得於心不忍。因此，他說：

「我來扶他走。」

拉絲蜜說：「三遜腰部受傷，走不快。」

鄭九正欲開口時，後邊驀地傳來一聲嘹亮的象嘯。拉絲蜜嚇得毛骨悚然，抖着聲音催鄭九：

「快走！不然就來不及了！」

鄭九聞言，忙不迭扶起三遜，揹着他，疾步飛奔，一邊奔，一邊吩咐拉絲蜜回過頭去察看象群的動向。

拉絲蜜嬌喘吁吁，說：

「象已經進入甘榜了，但是沒有一隻向我們這邊追來！」

甘榜裏仍有臭土的爆炸聲，然而鞭炮聲幾乎完全停止。鄭九心裏很明白，知道甘榜再也無法避免象的蹂躪了，心一沉，唯有咬緊牙關，揹着三遜拚命奔跑。跑到小山崗時，停下來，透口氣。幸虧象群沒有追來，所以不必急於下山。

他們居高臨下，遠眺甘榜。原來甘榜起火了，那些用以阻止象群的火堆，終於蔓延開來，引起一場大火。

象群被火阻止去路後，更加憤怒了，不但用腳踏塌亞答屋，還用長長的象鼻，捲起一些來不及逃走的老年人，活活的將他們摔死。

拉絲蜜看到這種情形，忽然驚叫起來了。鄭九問她：「做甚麼？」拉絲蜜說：「不知道母親同伊士邁怎樣了？」

鄭九用撫慰的口吻對她說：「不要難過，她們未必會……」

話沒說完，三遜驀地大聲喊嚷：

「看！象群轉向了！」

鄭九定睛一瞧，果然發現象群紛紛掉轉身子，回進大芭去了。

拉絲蜜問：「這是怎麼一回事？」

鄭九說：「象群踏了亞答屋，那些亞答屋碰到木堆，燃燒起來，變成大火，火勢猛烈，迫使象群退入大芭去！換一句話來說，我們用聲音趕走象群的企圖失敗了，而那些火堆也沒有產生任何效力。象群到底是愚蠢的，牠們竟自己趕走了自己！」

大家這才鬆了一口氣，拉絲蜜急於下山去尋找母親，但是鄭九說：「迨象群全部回入大芭，再下去，比較安全。」

三人並排坐在山崗上，靜觀燃燒中的甘榜。

這時候，三遜良心發現，終於坦白地說出了一個秘密。

「那把獵刀，」他對鄭九說：「是我遺落下妮莎家裏的。」

「這究竟是怎麼一回事？」鄭九問。

於是三遜將經過情形，原原本本講了出來：「那一次，你喝醉了酒，在木橋上調戲妮莎，給兩個過路的馬來青年看到了，不問情由，將你一陣揍打。你暈過去後，我剛趕到。迨你甦醒時，我舉腿朝你腹部猛踢一腳，你又暈了過去，我乘機俯下身子竊去了你的獵刀。」

「為甚麼要將我的獵刀竊去？」

「因為你跟拉絲蜜很接近，我嫉妒萬分，屢次想中傷你，苦無機會。我竊取那把獵刀的用意，無非想用借刀殺人的老法子來陷害你。」

「但是妮莎並不是你殺的。」

三遜咂咂嘴，繼續說下去：「我當初的計劃是：你既已公開調戲過妮莎，如果妮莎有甚麼三長兩短的話，人們一定會想到你的。因此，在一個落着大雨的晚上，我拿着你的獵刀，走去找妮莎。老實說，我是存心做些壞事嫁禍於你的。不料，抵達妮莎家，門虛掩着，裏邊一點動靜都沒有。我當即躡手躡足的推門而入，定睛一瞧，竟發現妮莎兩眼眨直，僵臥在地板上。我連忙伸手去撫摸妮莎的額角，才知道她已斷氣了。當時，我實在想不出妮莎是怎樣死的；後來，終於在她身旁找到了一隻藥瓶。我斷定她是服毒自盡的。」

「既然是服毒自殺的，怎麼胸脯上會插着我的獵刀？」

「這是我插的。」

「你？」

「我既已發覺她死去，認定這是陷害你的好機會到了。我的意思是：獵刀上刻着你的名字，而妮莎已經斷氣，人們一定會直覺地將這兩件事聯在一起，絕對不會想到妮莎是服毒自殺的。所以，當奧馬攙扶妮莎的父親回家時，在感覺上，他得到的結論是：你用獵刀殺死了妮莎。」

「然而那隻藥瓶呢？」

「我將你的獵刀插入妮莎胸脯後，忙不迭撿起那隻藥瓶，匆匆離去。」

至此，鄭九和拉絲蜜始完全明白這事情的底細。

拉絲蜜非常痛恨三遜，狠狠盯了他一眼，咬牙切齒地說：「你是有罪的！即使殺的是死人！」

「我沒有罪！」三遜歇斯底里地嚷起來，「我用獵刀刺入妮莎的胸脯時，她已經死了！」

但是鄭九卻說：「法律也許不會制裁你，不過，在良知上，你是有罪的！」

三遜不作聲了，羞赧地垂着頭。

拉絲蜜伸手一指：「象群全部退入大芭了。」

是的，象群終於全部退入大芭了；甘榜已解圍，然而仍在燃燒中。居民們從四面八方奔回去，希望能夠及時將火撲滅。

看到這種情形，鄭九扶起三遜，說：「我們也趕回去救火吧。」

三遜說：「你倆先趕回去，不要因為我而耽擱你們的時間。現在，象群已退入大芭，危險已不存在，讓我自己慢慢行走好了。」

「你能不能單獨行走？」鄭九問。

「只要走得慢一點，勉強還可以。」

於是鄭九偕同拉絲蜜匆匆奔下山崗，咬緊牙關，拚命奔回甘榜。

甘榜裏的火勢十分旺熾，靠近大芭的亞答屋，幾乎沒有一間不在燃燒中。火光熊熊，濃煙沖天。當鄭九和拉絲蜜一走入甘榜時，臉孔就被火光映得熱辣辣的。有些比他們早回來的居民，正在擔沙提水，急於將火勢撲滅，忙碌異常。

拉絲蜜見狀，立即捲起衣袖，走到水龍頭邊去挑水。鄭九一把將她拉住，說：「這是男人做的事，快放下來。」拉絲蜜挑着水桶，愣巴巴的望着那一排燃燒中的亞答屋，說：「你看，火勢這麼大！」但是鄭九說：「快到甘榜裏去尋找你母親和伊士邁，可千萬別走入大芭。」

這一句話，終於提醒了拉絲蜜。自從聽到第一聲象嘯起，她就沒有再見到過母親和伊士邁。經過這一場紛亂，不知道這一老一小受了些甚麼驚嚇？

拉絲蜜瘋狂地奔到自己家裏，站在門前仔細端詳：沒有火，也沒有一點損失，心裏寬了不少。

「Emak !」她雙手圈在嘴邊，大聲喚叫。

屋內沒有應聲。

「伊士邁！」她繼續大聲喚叫。

但是屋內仍無應聲。

她有點急起來了，連忙衝上木梯，推門而入，到處尋找，發現裏面的東西一樣都沒有缺少，只是不見母親和伊士邁。

拉絲蜜走出家門，慌慌張張的，四處亂奔，逢到相識的人便問：

「有沒有見過我的母親？有沒有見過伊士邁？」

但是誰也沒有見過她們。

沒有辦法，只好回到火場。鄭九正在揮汗救火，看見拉絲蜜，忙問：

「找到她們沒有？」

拉絲蜜流淚了。

鄭九立即放下水桶，說：「我陪你去找！」

兩人匆匆離開火場，先在甘榜裏兜了一圈，找不到，然後走入另一端的叢林地區，依舊不見母親和伊士邁的影子。

拉絲蜜焦急得只會跺腳流淚了。

鄭九仍未氣餒，認為事情並未完全絕望，只要繼續努力搜索，總可以找到她們的。鄭九的意思是：沒有見到屍首，希望依舊存在。

天黑了。他們手裏沒有燈，叢林猶如鬼域一般，很暗。鄭九仍想深入，拉絲蜜拉拉他的衣角，說：「再進去，更加危險了，不如回去吧！」但是鄭九不肯，鄭九認為拉絲蜜的母親和伊士邁很可能在林中躲避。

就在這時候，忽然飛來了幾百隻長腳蚊，嗡嗡嗡的，繞着他們作無休止的進攻。拉絲蜜被咬得狂叫起來，拚命用手摑着自己的臉頰。

鄭九吩咐拉絲蜜立刻蹲在地上，將面孔藏在兩膝之間以免蚊群襲擊。稍過些時，蚊群竄向他處去了。兩人站起身來，拉絲蜜嘟着嘴，怨鄭九太固執。

「回去吧。」她說。

「再走一段，也許她們在裏面。」

「太冒險了。」

「不要怕，這一帶的情形，我相當熟悉，鳥與昆蟲之類是很多的，吃人的野獸只有山狼和黑豹。」

拉絲蜜雖然不願意，然而為了找自己的母親，只好跟在鄭九背後，緩緩走向黑暗。

走了一陣，草叢驀地跳出兩隻山狼來，互相在爭奪一樣甚麼東西。

拉絲蜜連忙讓開去，躲在樹背後，發抖。

鄭九膽大，狂喊一聲，竟將兩隻山狼驅走了。

山狼走後，將那樣爭奪的東西掉下了。鄭九走近去，撿起來一看，不覺大吃一驚。

鄭九驚叫起來了：「你來看，這是甚麼？」

拉絲蜜走到他身旁，接過那東西仔細觀看，不覺倒抽一口冷氣。原來那是一隻鞋子，一隻兒童穿的鞋子，很可能是伊士邁的。

「糟了！」

「為甚麼？」

「如果這鞋子是伊士邁的，那末，她倆一定在這裏附近，只是……」

拉絲蜜沒有把下面的話語說出來，已經悲慟得泣不成聲了。鄭九明白她的意思，立刻緊緊的摟住她，叫她不必拿猜測來恐嚇自己。

鄭九認為這叢林地區平時很少有人進來，如今，既然發現了鞋子，證明附近必定有人躲避在內。於是仰起頭，故意吊高嗓子大聲吶喊：

「喂！有人在這裏嗎？」

聲音十分嘹亮，草叢間的昆蟲紛紛驚跳起來。

他又喊了一聲：「伊士邁！」

靜了一回，忽然聽到微弱的應聲從叢林裏傳出。鄭九高興極了，辨出聲音的方向後，拖着拉絲蜜，一邊狂喊，一邊根據應聲緩緩前進。

在夜晚的叢林裏行走，實在是一樁非常危險的事。但是為了拯救伊士邁和她的母親，這險就非冒不可。

那應聲逐漸清晰了，拉絲蜜認定是伊士邁和母親的，心裏不覺寬了不少。

繼續走了一陣後，鄭九忽然伸出手來攔住拉絲蜜。

拉絲蜜輕聲問他：「做甚麼？」

鄭九像賊一般，睜大了眼睛，極力想從黑暗中找出些甚麼似的。

凝視一番後，鄭九鬼鬼祟祟的轉過頭來，細聲對拉絲蜜說：「快！爬上樹去！」

鄭九將拉絲蜜抱上樹幹，自己一縱身，也翻了上去。兩人爬到樹上後，鄭九對拉絲蜜說：

「你母親和伊士邁就在前面。」

「那末，我們為甚麼要爬到樹上來？」

「前面有豹。」

「你怎麼知道的？」

「我聽到了豹的嗥聲。」

「那怎麼辦呢？」

鄭九屏息凝神地望着前面，不作聲。

遲了一會，鄭九忽然大聲狂叫：

「伊士邁！你們在哪裏？」

不遠處，傳來了伊士邁的回答：「我們躲在岩洞裏！洞外有一隻黑豹，所以走不出來！」

拉絲蜜聽到伊士邁的聲音，高興得流了眼淚。

「伊士邁，」她吊高嗓子嚷，「不用怕！我和鄭九來救你們了！」

接着，鄭九也大聲吩咐伊士邁：「你們躲在洞裏，暫時不要動，等我們設法趕走那隻黑豹後，再叫你。」

就在這時候，那黑豹聽到鄭九的喊聲，竟掉轉身來，凶悍地竄到樹下，前爪爬在樹幹上，兩隻眼睛像夜光錶一般，在黑暗中閃呀閃的，十分可怕。

拉絲蜜嚇得渾身發抖了。

鄭九拔出獵刀，準備必要時與黑豹肉搏。

黑豹顯已嗅到樹上的人氣味，張牙舞爪地在樹下一陣子怒嗥。鄭九吩咐拉絲蜜站到自己身後去，輕聲說：「黑豹會爬樹的，牠可能會爬上來，你千萬不要害怕，我有獵刀在手，不難對付牠。」

話剛說完，那黑豹果然從地面一縱身跳上樹椏枝了。

鄭九提高警覺，握緊刀柄，靜候黑豹撲來。

黑豹緩緩的挪前兩步，忽然緊張地站停，抬起頭來，似乎在探嗅甚麼，嗅了一陣，竟飛身向鄭九猛撲！

鄭九等牠撲過來時，立刻用獵刀一刺，恰巧刺入牠的咽喉，鮮血如泉噴濺，噴得鄭九滿臉通紅。

黑豹痛極，抓住鄭九，一同從樹上掉落下來。

鄭九肩背皆被抓破，咬咬牙，拚命用獵刀猛刺黑豹。

人與野獸在草堆裏扭作一團，滾來滾去，將綠色的野草染成紅色。

幸虧鄭九先刺傷了黑豹，經過一場劇烈的搏鬥後，終於贏得勝利。

黑豹因傷中要害而死，但鄭九亦已流了不少血。

拉絲蜜連忙從樹上爬下來，扶起鄭九。

鄭九已經精疲力竭了，氣喘吁吁的要拉絲蜜到前邊岩洞去救出老人和伊士邁。拉絲蜜不肯放下鄭九，也就大聲吶喊：

「伊士邁，快出來，黑豹已經被鄭九打死了！」

伊士邁同母親恓恓惶惶的從岩洞裏走出，先在黑暗中摸索一陣，然後憑藉聲音的方向，找到了拉絲蜜。

拉絲蜜將鄭九與黑豹搏鬥的經過情形簡單講述一遍，母親感激得流了眼淚。

在走出叢林的途中，伊士邁說：

「當象公來到甘榜時，母親就帶我進入叢林。母親知道叢林裏有幾個岩洞，躲在裏面，可以避免象公的蹂躪。但是這叢林野草雜生，走路極不方便。我曾經幾次絆跌在地，全靠母親攙扶我。後來，半途遇到一隻山狼，母親就拉着我拚命奔跑。

在奔跑時，我丟失了一隻鞋子。天黑前，我們抵達岩洞，休息一陣，忽然聽到遠處有豹嗥。母親為了確保安全，搬了一塊大石堵塞洞門。不久，從罅隙中，我們看見黑豹在洞門口探嗅。我嚇得渾身發抖，母親緊緊摟着我，叫我不用怕。遲了一會，天色黯了，洞裏一片漆黑，伸手不見五指。母親一直安慰我，說黑豹就要走了，但是那隻黑豹竟一直守在洞外。我怕極了，母親叫我不怕。母親說：『天神會保佑我們的！』就在這時候，我聽到了鄭九的喊聲。稍過些時，發現黑豹已離去。再過了些時，姐姐就叫我走出岩洞了。唉！想起剛才的種種，現在還覺得可怕。」

十四

四個人終於摸出叢林，一個都沒有受傷。

甘榜的火勢已不像白天那麼旺熾了，但是因為是黑夜的關係，站在遠處看過去，只見紅通通的一片，仍極恐怖。

拉絲蜜的母親問：「不知道我們的亞答屋有沒有着火？」

「沒有。」拉絲蜜答。

「這就好了，」老人說，「感謝天神保佑。」

說着，大家走上芭路。夜色已濃，因為甘榜裏有火光，所以還不至於摸黑。

鄭九受了些硬傷，行路很感吃力。

走了一陣，鄭九再也走不動了，大家不得不坐下來休息。

在休息的時候，拉絲蜜的母親第一次仔細端詳鄭九，覺得鄭九面目清秀，茁

強英俊。

伊士邁稚氣地說：「姐姐與鄭九真是天生的一對！」

拉絲蜜害臊了，故意板着臉，想發怒，結果卻忍不住「噗哧」笑了出來。

「我們走吧！」她說。

但是抵達甘榜後，竟聽到一個驚人的消息。

他們回到家裏，點上油燈，拉絲蜜開始為鄭九察看傷處。

忽然有人敲門，原來是羔丕店頭家奧馬。

拉絲蜜的母親問他：「有甚麼事嗎？」

他說：「打從你們門口經過，看到燈火，才進來問候你們。」

「謝謝你的好意。」

「唉！這一次終算是不幸中的大幸，象公來了，沒有傷人，就給烈火趕回大芭去了。」

「可是這一次的火勢可不小，一定燒去不少房屋？」

「逢到這樣的刧數，物產的損失當然是免不了的，只要不傷人那已經很好了。」

「甘榜中人沒有一個受傷？」

「受傷的有十幾個，都很輕微，休息幾天，就會痊癒。不過……」

「不過甚麼？」

奧馬感喟地嘆口氣：「說起來，最慘的還是三遜。」

「三遜？」大家異口同聲問。

「你們一點都不知道？」

「甚麼事啊？快說！」拉絲蜜催着他。

奧馬乾咳一聲，皺皺眉，用嘆息的語氣說：「有人避災回來，經過小山崗，發現三遜用頭顱猛撞岩石，自殺了。於是幾個人七手八腳的將他抬回甘榜，找到尤疏夫，立刻去請醫生，但是已經來不及了，醫生未到，他已斷氣。」

「他為甚麼要自殺？」

「他在奄奄一息的時候，對尤疏夫承認曾用鄭九的獵刀刺入妮莎的胸脯。現在良心發現了，雖然沒有受到法律的制裁，但也不願意再活下去。」

「但是，」拉絲蜜說，「三遜用獵刀刺入妮莎的胸脯之前，妮莎已經服毒死去了。」

「話雖如此，三遜的動機依舊是一種犯罪動機。他這樣做是對的。他已付出了罪惡的代價，他是個好人。」

拉絲蜜聽了這個不幸的消息，終於流淚了。她從小就討厭三遜，甚至剛才在小山崗避難的時候，她還是憎恨他的。然而現在她竟為他流了幾行熱淚，正因為這個不務正業的年輕人，到了最後，能有勇氣去接受自己良知上的譴責，實在是值得令人欽佩的。

三遜一生只做了一件好事，但是他絕對不是一個壞人。他也許太任性，也許太不自愛，但是絕對不是一個壞人。

拉絲蜜立刻奔到尤疏夫處，想見三遜的最後一面。

抵達尤疏夫家，親友都已到齊，三遜的屍體剛用花水洗淨，滿紮白布，蓋上布棺，正由幾個人抬往回教堂。

拉絲蜜見此情形，哭得非常哀慟。尤疏夫連忙陪她一同在芭路上行走，勸她不要難過。

走入回教堂，先由教長誦讀可蘭經，大家默默祈禱，然後將屍體抬往墳地下葬。

親友們站在墳邊，圍了個圈，垂着頭，喃喃默禱。

馬來人的風俗與其他地區不同，凡有逝世者，決不停屍隔日，都是即日歸土的。此外，下葬時，屍體必須側臥，以便死者之口可以永遠吻着泥土。

拉絲蜜從模糊的淚光中看到泥土蓋埋了三遜，心一酸，忍不住放聲大哭了。

葬禮完畢，尤疏夫手持現錢，按照祖先傳下來的習慣，派與每一個送葬者。

送葬者各自回家去了，尤疏夫挽着拉絲蜜慢慢行走。

尤疏夫說：「我還是不懂，他為甚麼要自殺？」

「他是一個好人！他是一個好人！」拉絲蜜歇斯底里地嚷起來。

尤疏夫有些莫名究竟，但也不想繼續追問。只要拉絲蜜能夠承認三遜是好人，那末，三遜一定是個好人了。

大芭邊緣的火勢終於滅熄了，一切復歸寧靜，然而放眼遠矚，仍極零亂。

尤疏夫送拉絲蜜回家，分手時，說了這麼一句：「倘有需要可以隨時來找我。」

拉絲蜜點點頭。

半個月過後，拉絲蜜走到尤疏夫處，問他：

「能不能讓鄭九加入回教？」

尤疏夫踟躕半晌，點點頭。

又過了些時日，河東又在拍鼓，擊鑼，跳浪吟了。鄉鄰們聽了鼕鼕鼓樂，紛紛走到辦喜事人家去看熱鬧。拉絲蜜打扮得十分花枝招展，像天仙一般與鄭九並排坐在彩椅裏，接受別人的祝福。

鄭九現在是回教徒了，他心裏很高興。

這天晚上，甘榜裏的小姑娘們編了一條歌，歌名叫做〈我們是一家〉。

—後記—

劉以鬯先生（一九一八—二〇一八）是上世紀四十年代後期南來作家的重鎮，香港新文學代表作家之一。他「與眾不同」的創作實踐有一難能可貴的特點：走到哪裏，都重視貼地取材。一九五二年六月至一九五七年八月，在星馬先後擔任多家報社副刊編輯期間，曾寫下一系列以當地城鄉人事為背景的長、中、短篇和微型小說，成績斐然。一九五七年和一九六一年，香港鼎足出版社、南天書業公司分別印行的中篇《星嘉坡故事》與《蕉風椰雨》；二〇一〇年，香港獲益出版事業有限公司接踵出版的短篇集《甘榜》和《熱帶風雨》；展示了其中一部分碩果，反應不俗。二〇二二年，北京後浪出版公司策劃選題，交四川人民出版社付梓的《椰風蕉雨：南洋故事集》，是上述四書合集的增補本，在內地回響熱烈，初版迄今已四刷。

眼下這題中篇《馬來姑娘》，一九五九年五月十八日至七月二十九日，首先連載於香港《星島晚報》副刊，頗引起矚目。同年七月號總第四十五期《國際電影》月刊透露：小說由歐陽天（引者註：即作家鄺蔭泉）先生籌改編成電影劇本，即將搬上銀幕，並請已兩度榮登亞洲影展「影后」寶座的林黛及性格演員喬宏擔任主角，由金泉公司攝製，電懋公司發行，不日開拍。為使讀者明瞭故事主題、內容，該刊特邀劉先生撰〈我為甚麼寫馬來姑娘〉解析（此文今作本書「代前言」）。惜因拍攝成本太高，失去預算，影片終未拍成；連載也受影響未曾結集。

作者坦承：「這本小書和大部分拙作相似，也是為『賣錢而作』的。」又直言不諱：「它含義的純正，相信誰也看得出來。」足證非馬虎而作。為維護「作品本身的真實感」，雖「不能有曲折離奇的情節」，也不忘設置動人橋段，以求引人入勝；為保持主題的純正連貫，故事雖難免轉折，卻始終服膺「各民族團結和諧」的宗旨，在角色和細節安排上注意合情合理。作者構思機杼精密、人物刻畫到位、對白貼合性格、文詞巧妙多姿，在在顯示高手的能耐；為突出地方色彩，對當地語言、民俗，甚至捕鱷技術、象群活動的把握，委實下了一番功夫。可以設想，如果不是忠於創作真實的原則，絕無可能達致目下的水準。

非常感謝作者夫人羅佩雲女士提供小說和「代前言」於報刊披載時的剪報，俯允推出這部一甲子以前的佳作。出版方面進行了認真編校，正文前選登了三幅剪報影印件，改補了一些手民之誤和遺漏字詞，修訂了個別註釋。惟難免還有錯失，歡迎高明不吝指教。

本書責任編輯張佩兒小姐寫有小說結集行世前夕的第一篇書評〈不僅是愛情故事——淺談劉以鬯的《馬來姑娘》〉，分析簡賅，已登在香港《城市文藝》雙月刊二〇二三年六月二十日出版的總第一百二十四期〈紀念劉以鬯先生逝世五週年小輯〉上，有興趣者不妨參讀。

梅子

二〇二三年六月二十六日

馬來姑娘

劉以鬯 著

責任編輯 張佩兒
裝幀設計 簡雋盈
排　　版 陳美連
印　　務 林佳年

出版 中華書局（香港）有限公司
香港北角英皇道四九九號北角工業大廈一樓B
電話：（852）2137 2338
傳真：（852）2713 8202
電子郵件：info@chunghwabook.com.hk
網址：http://www.chunghwabook.com.hk

發行 香港聯合書刊物流有限公司
香港新界荃灣德士古道二二〇—二四八號
荃灣工業中心十六樓
電話：（852）2150 2100
傳真：（852）2407 3062
電子郵件：info@suplogistics.com.hk

印刷 美雅印刷製本有限公司
香港觀塘榮業街六號海濱工業大廈四樓A室

版次 二〇二三年七月初版

規格 三十二開（190mm×130mm）

ISBN 978-988-8860-23-4

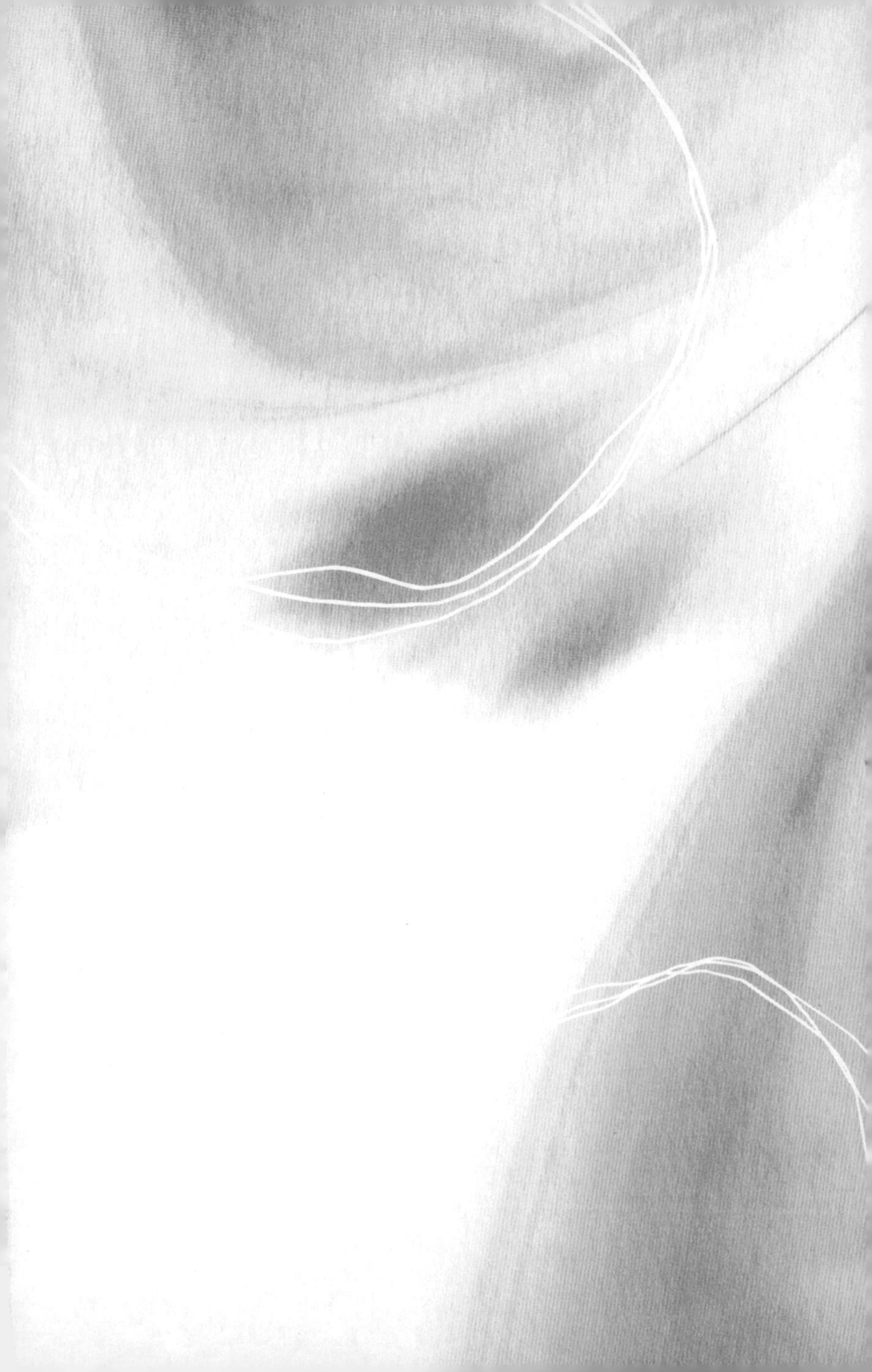